二 見 文 庫

悲しみは蜜にとけて

アイリス・ジョハンセン／坂本あおい＝訳

Always
by
Iris Johansen

読者のみなさまへ

　わたしはむかしからクランシー・ドナヒューが大好きでした。セディカーン・シリーズの多くの作品に脇役として連続して登場させているので、彼のことは古い友人のような気がしています。保安部のトップという立場にあることから、クラナッド・シリーズに顔を出したことも自然な流れだったと思います。つねに無視できない力強い存在であるクランシーでしたが、彼はあくまで背景にとどまっていました。

　みなさんご存じのとおり、わたしの描くヒーローはいつも派手な存在感のある人物で、多くが熱血的なタイプです。成熟した大人で落ち着きのあるクランシーは、ちょうどその対極にいるような気がしていました。ですが、彼にじっくり目を向けてあれこれ考えてみました。クランシーは本当はどんな人物なのだろう？　タフで経験豊富で、これまで相当に厳しい人生を歩んできたことはまちがいない。もしかしたら、彼の静かな力強さの裏には、わたしがこれまで見ていなかった側面が隠れているのかもしれない――。

　作品を書きはじめてすぐに、わたしはクランシー・ドナヒュー自身も、他に負けない華のある人物だと気づかされました。それに、まちがいありません、彼も熱血的な男でした。とりわけリーサ・ランドンとのロマンチックな運命に遭遇したあとは。サスペンスに、熱いロマンスに、テロリストの追跡。わたしは書いていくうちにクランシーに夢中になっていきました。
読者のみなさんにも、本当のクランシーを知る楽しさをあじわっていただけますように。

アイリス・ジョハンセン

悲しみは蜜にとけて

登　場　人　物　紹　介

リーサ・ランドン	歌手
クランシー・ドナヒュー	セディカーン保安部の責任者
マーティン・ボールドウィン	リーサの元夫
キアラ	タムロヴィア王国の王女
マーナ	キアラの元乳母

1

　クランシー・ドナヒューは来客者用のビロード張りの椅子にもたれて、長い脚を伸ばした。

「つまり、彼女は四日前にパラダイス島にやってきたんだな」クランシーは言った。すがめた目で見つめられたレン・バートホールドはうなずき、やがて前の机にある紙をそわそわと動かした。「いったいどうした、レン？　何をそう戦々恐々としてるんだ」

「そうもなりますよ」バートホールドは渋い顔をした。「クランシー、あなたのゲームに付き合うのは気が進みません。わたしは前線からは退いて、今じゃ経営側の人間なんですから。罠を仕掛けるなら、どうぞよそでやってください」

「悪いな」クランシーは言って、肩をすくめた。「きみとこのこの隠れ家は、餌をおくのにまたとない格好の場所でね」くつろいだ姿勢はそのままだが、突然、手でふれられそうなほどの威圧感がにじみでてきた。「パラダイス島はセディカーンの領有地だ。このカジノホテルはパラダイス島にある。二年前にここの支配人にしてやったのは、きみがタフで誠実で、命令に従順だからだ」クランシーは声を低め、あやすような優しい口調で言った。「そうした資質がひとつでも欠けたとわたしが判断したらどうなるか、教えてほしいか？」

レンは唇を舐めた。もちろん教えてもらう必要などない。答えはすべてアイスブルーの瞳に書いてある。ドナヒューのことは前から知っている――セディカーン保安部のトップであり、また元首のアレックス・ベン＝ラーシドの右腕として仕えてすでに六年以上がたつ。バートホールド個人としては、ドナヒューの身からにじみでる気迫がなんの効果も発揮しなかった場面に遭遇したことはない。だが、保安部を取り仕切るこの男がもっと直接的な手段に出た話はあれこれ聞いており、その多くの場合が力ずくで容赦がなかった。

ランドンの件のためにドナヒューみずからがやってくると聞いて以来、バートホールドはこのパラダイス島の自分の楽園も、もはや楽園とは言いがたい騒がしい場所になるだろうと、覚悟はしていた。咳ばらいをした。「言ってみただけですよ、クランシー。わたしが全面的に協力することはわかっているでしょう。これまであなたの命令には一言一句たがわずにしたがってきた男ですから。問題のランドンという女性は、おとといの晩からバーで歌っています」眉を寄せ、思いにふけりながら言った。「彼女は悪くないですよ。彼女には……」適当な言葉をさがそうとして言いよどんだが、やがて肩をすくめた。「よくわかりませんが、何かがある」

「わたしが来たのは歌のうまさに聞き惚れるためじゃない」クランシーは皮肉をこめて言った。「ガルブレイスは見張りについてるのか?」

「もちろんです。チェックインした瞬間から、彼女は万全の監視下にあります」バートホールドは弱々しく笑った。「あなたの仕事からははなれましたが、頭までなまったわけじゃありませんよ。彼女がどこで息をしているかまで、すべて把握しています。ボールドウィンがまだ接触してきてないのは、まちがいありません。それに、毎晩、島じゅうのホテルに問い合わせさせてますが、それらしい男は泊まっていません」

ドナヒューは眉をひそめた。「たしかだな?」

「たしかです。言うまでもなく、あなたからわたされた写真のコピーも配布してありますから。あの男はまだ来てません」バートホールドは晴れやかな顔をした。「たぶん、彼女への興味を失ったんでしょう」

「あり得んな。やつは来るぞ」クランシーは険しい調子で言った。「リーサ・ランドンのいく場所いく場所に、どこからともなく必ず姿をあらわすんだ。尋常でない執着で、ああいう病的な執着心は、突然、消えてなくなるものじゃない」

「でも、あなたの話じゃ、ふたりは三年以上も前に離婚しているんでしょう。ボールドウィンは自分はもう用済みだと、やっと気づいたんじゃないですかね」

クランシーは首をふった。「異常な執着だ」彼はくり返した。「ボールドウィンについてまとめた調書を見るといい。嫉妬がらみのいざこざから、暴力沙汰に一般人への脅しまで。ひととおりのことをしている。ここにはまちがいなく来るぞ。あいつは別れた妻をつねに監視しているんだ。今夜のステージは何時だ？」

「二回目のショーが十時からはじまります」バートホールドは細い金の腕時計に目をやった。「あと十五分ほどです。ご覧になりますか？」

ドナヒューはうなずいて、席を立った。「今夜のショーが終わったら本人と直接話をして、なんとか協力を取りつけたい」

「断わられたら？」

「いずれにせよ利用させてもらう」ドナヒューは歯をこぼして笑顔を見せたが、笑っているのは口もとだけだった。「なんとしてもボールドウィンの野郎を捕まえたい。ガルブレイスは今どこだ？」

「バーでしょう」

「よし」クランシーの笑い顔に、茶化すような表情がうかんだ。「きみの高級ホテルの品格を汚すのは心苦しいが、今は着替えている暇はない。フロアの責任者に電話して、わたしをつまみ出さないように伝えておいてくれ」

「そんな気を起こすとは思いませんがね」バートホールドの目がクランシーの大柄でがっしりした身体つきを舐めるように見た。高級ナイトクラブよりボクシング重量級のリングのほうがよく似合う。そういえば、クランシーは拳闘家をしていたことがあると言っていた。しかしそのあとはなんでも屋のようなことを生業とし、その後、セディカーン保安部のトップとなった――当然今では、拳闘家の比ではない恐ろしい力を身につけている。「ともかくモンティには電話をして、くれぐれも失礼のないようにと言っておきます」

「頼んだぞ」クランシーは立ち去ろうとして背を向けたが、その動きには鍛えられた壮健な肉体ならではの、しなやかな美しさがあった。「くたくたに疲れてる。面倒はごめんだ」

「チェックインはすませましたか？　まだでしたら代わりにやっておきますよ」

クランシーは戸口で足を止めた。「ビーチの先にある自分のヴィラに泊まる。何かあっても五分以内で駆けつけられる距離だ。ホテル暮らしにはもう飽き飽きだ。このひと月半、ボールドウィンを追って、都市から都市へと渡り歩いていたからな」ポケットからキーリングを出して、部屋の向こうから放った。鍵はバートホールドの目の前のデスクマットに落下した。「今すぐメイドをやって、ヴィラの鍵をあけておいてくれるか？」答えを待たずに扉を閉め、きびきびと歩き去った。

クランシーは分厚い絨毯敷きのロビーを歩きながら、肩と背中の筋肉の凝りをほぐした。

さっき疲れているとレン・バートホールドに言ったが、それは本当のことだ。ロサンゼルスからこのバハマ諸島の小島までの長いフライトのあいだにも、眠れたのは数時間足らずだった。そのロサンゼルスも、忌々しいことにまったくの空振りに終わった。ボールドウィンは波ひとつたてずに水面下にもぐってしまった。だが、かまうものか。ネズミの隠れた巣が見つけられないなら、そいつが大好きな餌、すなわちリーサ・ランドンという餌におびき寄せられて出てくるのをじっと待つだけだ。

バーは小ぢんまりとした、暗く居心地のいい空間だった。これまでごまんと見てきた他のバーとくらべて、とくに代わり映えはしない。ごく小さなテーブルには白いダマスク織りのクロスがかけられ、飲み物やつまみを前に低い声で語り合う客の顔に、ガラスの筒にはいったキャンドルが仄暗い光を投げかけている。奥のステージでは、三人の奏者がメロウで優しいジャズを奏でていて、クランシーは一瞬入口で足を止めて、その演奏に聴き入った。昔からジャズが好きだった。そう言うとアレックスはいまだに驚くのだが、理由ならわかる。ジャズというのは地上でもっとも気だるく官能的でやわらかな音楽だが、そうした気だるさ、やわらかさ、官能は、クランシーという人間に欠けたものなのだ。精力がとても強く頻繁に女を求めたが、それは満たされればそれきりの、ただの性欲だった。優しく繊細な情緒が伴ってこそ官能的と呼べるのだろうが、クランシーのような仕事に就いていては、そうした情緒がはぐくまれる余地はほとんどなかった。それでも、ジャズが好きなのは事実で、しかも、このトリオの演奏は予想外によかった。

「クランシー？」

すばやく左側をふり向いた。ガルブレイスだった。

「ジョンか」クランシーは近くにいた男にうなずきかけた。ガルブレイスは夜用のスーツでばっちりきめ、カメレオンのような才能で周囲の高級な雰囲気にとけこんでいた。顔立ちはハンサムだが、ハンサムすぎではない。茶色い髪は流行りのスタイルだが、最先端すぎることはなく、彼の笑顔は大学生の若者のように一見陽気で、潑溂としていた。もっとも、いまどきの学生は他の世代より潑溂としているとはかぎらない。クランシーは滅入った気分で、そう思った。さまざまな危機が影を落とすこんな世のなかでは、思春期を過ぎてからいつまでも子ども時代をつづけているわけにはいかないのだ。「席はあるのか？」

ガルブレイスは指差した。「かぶりつきのテーブルです。僕は見張りをするときは、うしろのほうにすわるんですが、あなたはじっくり観察したいだろうと思って。どっちみち彼女と直接話をするつもりだと、電話でおっしゃっていましたから」ガルブレイスは背を向けると、クランシーを先導して隙間なくならべられたテーブルのあいだを歩いていった。さっき指差したステージ前の席に来ると、椅子にどっかりすわり、飲みかけのハイボールに手を伸ばした。日焼けした丸顔からのぞくくぼんだ目は、リスの目のように明るく好奇心旺盛(おうせい)だった。「ものすごくお疲れのようですね、クランシー。自分をどうやって酷使したんですか?」

「いつもどおりのことだ」クランシーは腰をおろし、立ってこちらをうかがうウェイターに向かって首を横にふった。頭をすっきりさせておきたかったし、あまりの疲れに、わずかな酔いも油断ならなかった。「ボールドウィンの影は見えないか?」

「まったく見えません。彼女はここに来てから一度も電話を使っていません。毎日ビーチを時間をかけて散歩していますが、だれかと言葉を交わしたこともありません」肩をすくめた。

「とくに問題にすべき相手とはね。今日の午後は、途中で子どもが砂の城をつくるのを手伝ってました。それからホテルにもどって、トリオの奏者とリハーサルをして、そのあと自分の部屋で夕食。毎晩ここで二度のショーをして、その後は部屋にもどります。この島に来てから、どんな男とも交流はありません」

「この島に来る前もそうだ」クランシーは慎重に話した。「妙だな。まさか、今もボールドウィンに未練があるというわけじゃないだろうな」唇がゆがんだ。「それか、冷たくそっけない女で、だからこそ征服しがいがあるとボールドウィンは感じるのか」

「ちがいますよ」ガルブレイスは即座に自信満々に否定した。クランシーが驚きの目を向けると、やがて弱気に言葉をにごした。「彼女がだれかに冷たくするところは想像できない、ということです」

「早くも魅力にやられたか」クランシーは言った。「そんな魔性の女なのか?」

ガルブレイスは居心地悪そうに身じろぎした。「ちがいますって。僕が年上の女性に興味がないのは、知ってるでしょう」

「しかも、彼女はもう三十七歳だ。年増と言っていい」クランシーはぞんざいに言った。「老化してるのも気にならないとは、よっぽどの美人なんだろう」

「ちがいます」ガルブレイスが考えるように顔をしかめているので、クランシーは皮肉が通じなかったのかと思った。「少なくとも、僕は美人だとは思いません。どう説明していいか難しいです」片手で小さな仕草をした。「彼女には何かがある……」

「バートホールドもおなじ言い方をした」クランシーは弱々しく笑った。「だんだんその歌手に興味がわいてきたよ。きみらのようなタフガイどもの言葉を失わせるとはな。その奇跡の歌手はまともな声をしてるのか? 耳栓をしたほうがいいか?」

「すばらしい歌手ですよ。こんな場所にはもったいないくらいです。かのバーブラ・ストライサンドを彷彿(ほうふつ)とさせるものがある」

クランシーは眉をあげた。「そいつはたいした褒め言葉だ。早く歌を聞いて、その特別な〝何か〟がどんなものか、自分でたしかめたいね」

「すぐですよ」ガルブレイスはピアノ奏者に会釈した。マイクの前に椅子を持ってきて、念入りに位置を調整している。「もう、ステージに出てきます」

紹介もなくピアノ奏者の前奏がはじまり、おなじように前置きなく女性がマイクの前に登場して、スツールに腰をかけた。美しい仕立ての白いシルクの長袖ブラウスに、足首にとどく黒のロングスカートという衣裳で、スカートは太ももまでの深いスリットが真ん中にはいってはいるが、どこかエドワード様式を感じさせるスタイルだった。背がすらりと高く、想像していたような妖艶さはなく、華奢でしなやかな女性だった。蜂蜜色の薄茶の長い髪はひっつめにして、うしろでバレッタで留めている。暗いバーでは顔のつくりはよくわからないが、とりたてて魅力的には見えなかった。と、スポットライトの明かりがともった。

あたたかさ。離れぎみの茶色い目に、優しいあたたかさが宿っている。表情は淡い悲しみをたたえているが、そのとき、ふと笑顔がうかんだ。形のいい唇がふいに観客に微笑みかけ、そのぬくもりある優しさを見て、クランシーはなぜだか息苦しくなった。「こんにちは。リーサです。今夜はみなさんのために曲をいくつかご用意してきました」古い友人を前にしたような、気取らない親しげな調子だった。「それを歌ったあと、リクエストをお受けします」おどけて顔をしかめた。「オペラはだめよ。わたしは蝶々夫人じゃありませんから」場内に小さな笑いが起こると、彼女は嬉しそうに笑い声をあげ、クランシーはまたしても心が痛いほど引きつるような、妙な感覚を覚えた。自分はいったいどうしてしまったのか？「準備はいい？」彼女がうなずきかけると、ピアノ奏者はイントロを弾きはじめた。「じゃあ、はじめましょう」

その後の四十五分間で、クランシーはガルブレイスとバートホールドの正しさを知るにいたった。リーサ・ランドンはたしかにすばらしい歌手だ。透明感のある声は、うまく抑制しているが、秘めた力強さが感じられるし、驚くほどの情感が伝わってくる。しかし、クランシーはその才能を賞讃することもままならなかった。歌い手でなく、彼女自身に目がいってしまうのだ。ふとした瞬間にしなをつくる華奢で優雅な両手。真っ白いブラウスからのぞくなめらかな首の線。なんと美しい首だろう。椿のようにやわらかでありながら、どんな花ともちがって、呼吸をし、脈動している。それにあの笑顔……。クランシーはえらく詩人めいた自分に気づいて苦笑した。女にそそられるときには、ふだんは首筋や笑顔なんかではなく、胸もとや腰に関心がいくものだが。しかし、今そそられているのはまちがいなかった。股間がうずいているのだが、その激しさには戸惑いを感じるほどで、腹立たしささえ覚える。まったく理屈に合わない反応だ。目の前の女は魅力的でもない。身体は痩(や)せすぎだし、口もやや大きすぎる。脚がきれいなのは、まあ認めよう。しかも、スリットのはいったスカートから、あんなにも惜しみなく見せている。

独占欲。自分でも気づかないうちに、その感情が心にはいりこんでいた。これまで女に独占欲を感じたことがあったか？　しかもこの女は、まったくの他人ではないか。

リクエストされた歌の演奏がひととおり終わり、リーサ・ランドンはスツールからおりてもう一度微笑んだ。それから、登場したときとおなじように、あっさりステージを去っていった。

ガルブレイスが身をのりだして、クランシーに笑いかけてきた。「彼女が持っている何かですが、いい言葉は見つかりましたか？」

わたしだ。彼女はわたしをものにした。その答えは、クランシーのこんがらがった感情のあいだから一瞬にしてわいて出てきた。それをクランシーはおなじく一瞬で否定した。「気品だろう」軽く言った。「それに大人の魅力。なるほど、おまえみたいな青二才がまいるわけだ。日ごろ連れ歩いているかわいいお人形さんたちは、もう何年かしないとああいう魅力は身につかない」

「かわいいお人形さんたちは楽しいですよ」ガルブレイスは悠長にこたえた。「それに、ご自慢のポーカーフェイスも少しくずれたようで、あなた自身が魅力にやられたのが透けて見えてます」

「おい、生意気だぞ、ジョン」クランシーは椅子を引いて立ちあがった。「今度、出すぎたことを言ったら横面を殴ってやるから、もしこっちが忘れてたら教えてくれ。おまえの人格形成に驚くほどの効果を発揮するはずだ」

ガルブレイスは渋い顔をした。「僕から思いださせる必要はないでしょう。あなたはどんなことも忘れない人です。残念ながらね。これから楽屋にいくんでしょう？　僕はあなたがもどるのを待って、見張りをつづけますか？」

クランシーは一瞬口ごもった。「いや」ゆっくりと話をつづけた。「あとのことはわたしが引き受けた」

ガルブレイスの眉が驚いてあがった。「本当に？　見張りなんていう下々の雑用は何年ぶりですか。やり方は憶えてるんでしょうね？」

「生意気だぞ」クランシーはその言葉を明瞭な発音で言った。「じつに生意気だ。そのくらい、なんとかなる」

ガルブレイスは心のなかで自分を呪い、顔から馴れ馴れしい笑いを消した。クランシーをからかうのは危険だ。腹を立てると態度が急変して、懲罰の達人となることがある。ガルブレイスは両手をあげた。「冗談ですって」笑顔を向けた。「僕はばかじゃありませんよ、クランシー。あなたが何者かよく知っています」

「自分の洞察力に自信が持てるのは、いいことだ」クランシーはとらえどころのない笑いをうかべて言った。「わたしはときどき、自分の認識があやふやに感じられる」背を向けると、狭いダンスフロアを足早に横ぎって、リーサ・ランドンが姿を消したアーチ型の出口のほうへ歩いていった。

楽屋のドアをノックする音は、短く、一方的だった。

リーサははっと身をこわばらせたが、すぐに意識して力を抜いた。あの人であるはずはない。ここへ来てから、マーティンの影を感じたことはなかった。ノックが形式的な丁寧なものでなく乱暴だったからといって、すぐに悪い想像にとびつくのはやめなくては。リーサはティッシュを手に取って、クリームを拭きはじめた。「どうぞ、はいって」

「だれかに教わらなかったか？　入口にはちゃんと鍵をかけて、たずねてきた相手を無闇に入れるなと」戸口に立つ男は眉間(みけん)にしわを寄せていて、声は険しかった。「わたしが切り裂きジャックだったらどうするんだ」

リーサは呆気にとられて目を丸くし、鏡からふり返って相手を見た。「でもあなたは切り裂きジャックじゃない」小さな声で言った。ただし、危険そうな見た目をしている。背丈は軽く百八十センチを越し、港の労働者のような広い肩と厚い胸をしている。顔立ちはごつごつとして厳(いか)つく、頬骨が張って、鼻は過去に一度や二度、折れたことがありそうだ。熱帯の太陽の下に暮らす人らしい黄金色の肌をして、おそらくかつて真っ黒だった髪には、今では白いものがまじっている。成熟した大人で、冷静沈着で、自分の流儀を通すのに慣れきっているような印象だ。ふと反発心がわいた。自分を押し通す男はもうたくさんだ。リーサは顔をつんとあげた。「たしかに、あなたが切り裂きジャックのような怪しい人でないという保証はないわ。なので、お引き取りいただくほうがいいでしょう」

相手の表情に変化はなかったが、この発言は彼の意表をついたらしい。ふいに、肩透かしを食らわすようなあたたかな微笑みがうかんだ。ごつい顔がいきなりほころぶ様子は、ちょっとした驚きだった。

「言い方が失礼だったな。これは許してもらうよりない」低い声には、ごくかすかにアイルランド訛（なま）りがあった。「昔から愛想が極端に足りなくてね。自分の最大の欠点だ。ミス・ランドドン、わたしはクランシー・ドナヒューという者だ。よければ少し話がしたいんだが」彼の青い瞳がふいにまたたいた。「なんならボディチェックをしてもらってもいい。いかなる種類の武器も持ってないのでね」

その言葉は疑わしい。どこからどう見ても、隙がありそうには見えなかった。相手の冗談めかした魅力的な笑顔に誘われて、リーサもつい笑い返した。「信用するわ。どうぞはいって。どんなご用でいらしたんですか？」ふたたびクリームを顔から拭き取る作業にもどった。

ドナヒューが扉を閉めると、楽屋の大きさが縮んだようだった。「協力してほしいことがあってね」彼はなかまではいってきて、リーサの前に立った。「一カ所、拭き残しがあるぞ。取ってやろう」彼はティッシュを手にして、こめかみのクリームをそっとぬぐった。こんな大きな手をしているのに、とても優しかった。こうした親密な行為を、彼は驚くほどごく当然のようにやってのけた。「さあ、これでいい」鏡台にティッシュを放った。「化粧なしのほうがいいな。きみの肌はすごくきれいだ」思いにふけるような口調だった。「白くてやわらかで。椿のようだ。さっき歌っている姿を見ながら、そんなことを思った」

「客席にいたんですか?」リーサは驚きを隠しきれずに、ジーンズと紺色のクルーネックセーターという相手のラフな服装に目をやった。フロアの責任者とは知り合ってほんの数日だが、あの紳士気取りのモンティは、自分の店のドレスコードにはかなりうるさそうだ。

ドナヒューの口がななめにゆがんだ。「トップのほうに知り合いがいてね」

「そうでしょうね」もう少しはなれて立ってくれればいいのに、とリーサは思った。今はもうふれていないのに、大きな身体からは熱が伝わってくるようで、かすかにミントが香る、石鹸とアフターシェイブの清潔なにおいがただよってくる。ドアをはいってきた瞬間から、リーサは彼の肉体的な存在感をひどく意識させられていて、心の平静が乱されるのは嬉しいことではなかった。この平静を手に入れるまでには、とても長い月日と大変な労力がかかっているのだ。リーサはうなずきかけて、部屋の反対の椅子を示した。「おかけになったら？」ドナヒューはすぐさまそばをはなれ、リーサはふっと息をついた。ばからしい。相手がたくましい男で、そこにごくあたりまえの性的魅力を感じただけで不安になるなんて。「協力がなんとかって、おっしゃいましたね？」

ドナヒューはリーサが指した椅子に腰をおろした。「マーティン・ボールドウィンの追跡に関してだ」なんの配慮も示さずに言った。「きみなら、あの男をわたしに引き渡してくれるだろうと思ってね」

リーサは身をこわばらせた。「あなたは警察なんですか？」

彼は首を横にふった。「わたしはセディカーン保安部の人間だ。きみの元夫は仲間と組んで、セディカーンの隣国サイドアババを本拠とするテロリストに銃器を密売している」表情が険しくなった。「わたしはテロリストも嫌いだが、テロで金儲けをする連中はそれ以上に嫌いだ。何がなんでもボールドウィンを見つけだしたい」

リーサは唇を湿らせた。ああ神さま、終わりは来ないのでしょうか？「でしたら、見つければいいでしょう」静かに言った。「わたしには関係のないことです」

「きみが必要なんだ。ボールドウィンはわたしに追われているのを知って、地下にもぐってしまった。やつを潜伏場所からおびきだせる人間は、きみしかいない」

まつ毛を伏せて、視線をそらした。「わたしたちはもう夫婦じゃありませんから。マーティンとは接点はありません」

「たしかに望んで接点を持つ気はないんだろう」クランシーは肩をすくめた。「だが、あの男のほうは今でも未練たっぷりだ。なんなら、ボールドウィンの異常な嫉妬の例を挙げるか？　きみはラスヴェガスでの非常においしい仕事の口を失った。ボールドウィンが騒ぎを起こし、客の首を切ると脅したからだ。たしか一年ほど前の話だ。その後も、今わたしが思いだせるだけで、似たようなたちの悪い事件を二度は起こしている。よければスーツケースに調書がはいっているから、じっくり読むといい」

「結構です」リーサはぼう然と口にした。当然、リーサに関する調書も作成されるのだろう。どこの警察もそれぞれ調書を持っている。考えてみれば当然のことだ。「わたしのことは、どうかそっとしておいて。マーティンの活動にはかかわっていませんから。過去においても」

「それは知っている」ドナヒューは優しい声で言った。「だが、あいつがきみの人生にいるかぎり、今後もやつはついてまわるぞ。わたしに引き渡せば、必ずやあの男を排除すると約束する」わざと間をおいて言った。「永遠にね」

リーサの視線があわててドナヒューにもどった。リーサはどうにか笑った。「ずいぶん恐ろしい言い方ね。最近聞いた話では、武器の密売では極刑にならないとか」

「アメリカじゃそうかもしれないが、場所がセディカーンとなると事情はまったくちがう」冷たい残忍さをにじませて笑った。「アレックスはその方面の判断をわたしに一任しているんだ」

「アレックス？」

「アレックス・ベン＝ラーシド。セディカーンの首長（シーク）だ。アレックスはこのところ多忙を極めている。わたしはアレックスになりかわって、全権をにぎっているんだ。これで理解したか？」

「あの人を死刑に？」リーサはつぶやいた。

「おそらくね。まだ決めてはいない。ともかく、きみがあの男に迷惑することは二度となくなる。それを望んでるんだろう？」

リーサは身体を震わせた。「そういう方法は望んでません。わたしはそんな冷酷な人間には絶対になれないわ」

相手は唇を引き結んだ。「きみがボールドウィンをどう見ているかは知らないが、やつはその何倍も冷酷だ。スクールバスやスーパーマーケットの爆破に使われるのを百も承知のうえで、爆弾とダイナマイトをテロリストに横流しできるのは、どんな人間だ？　去年、マラセフで二人の子どもが死に、他にも何人かがけがを負った。サイドアババが匿っているかぎり、こっちはテロリスト本体には手を出せないが、武器の流れを止めることならできる」少しして言い足した。「ボールドウィンを止めることならできる」

「子どもたちが犠牲に？」リーサは急に気分が悪くなった。どうしたらあのマーティンにそんなことができるのだろう？　信じられなかった。

ドナヒューは短くうなずいた。「協力してくれるか？」

リーサは大きく息を吸った。「協力はできません」

「できる。だが、したくないのだ。たぶん、ああいう男に求められることに倒錯した喜びを覚えるタイプなんだろう。ふたりにしてみりゃ、ゲーム感覚のお遊びってとこか」

「お遊びですって！」リーサの茶色い瞳がぎらぎらと光った。「自分のキャリアがこのうえなく屈辱的なやり方で壊されていくのを、わたしが楽しんでいるとでも？　ドアをノックされるたびに、あの人かもしれない、また何かひどいことが起こるんじゃないか、とびくびくするのが好きだとでもいうんですか？　ミスター・ドナヒュー、あなたはひどく頭の悪い人間ね」

「だったら、あいつをわたしに引き渡せ」ドナヒューは容赦なくたたみかけた。「協力するんだ」

「できないと言っているでしょう」リーサはいきなり立ちあがった。「夫だった相手です。子どももうけました。彼が何をしたかは関係ないわ。あなたの手先となってマーティンを断頭台に送ることはできないんです。現状で我慢します」

「子ども?」彼はゆっくりくり返した。

顔から血の気が引くのがわかった。深く考えてはいけない。苦しみに呑みこまれてはいけない。リーサは心のなかで自分に命じた。「あなたのその調書とやらには書いてなかったんですか?」刺々しく聞いた。「きっと情報を集めた人たちは、わたしが男の赤ちゃんを生んだ事実を重要なことだと思わなかったんでしょう。世界を揺るがす出来事じゃないから」声を落として、かすれ声でつぶやいた。「わたし以外の人間にとっては」

「調書には載ってたんだろう。わたしが見落としたんだ」クランシーは我知らず椅子のひじ掛けを強くにぎりしめていた。あの男の子を宿したのだと考えると、まったく説明のつかない怒りがわいた。

「ずいぶん不注意ね」絶対に泣くものか。涙はとっくの昔に枯れたと思っていた。それなのに、なぜこうして涙が目にしみてくるのだろう? リーサは決然と涙をはらい、顔をあげた。

「でも、わたしが依頼を引き受けられないのは、これでおわかりでしょう?」

「断わるのか」

リーサはうなずいた。「残念ですが、マーティンは自力で捕まえてください。わたしの助けは期待しないで」

「こっちこそ、残念だ」ほんの一瞬、ドナヒューの顔に心苦しそうな表情がうかんだが、すぐに猛々しい決意の面持ちに変わった。「協力という形を望んでいた。絶対に必要な場合をのぞいて、強要するのは好きじゃない」

「強要する？」リーサは耳を疑って目を見ひらいた。「強要なんて、できるはずがないでしょう」

「じつに、わけないことだ。こっちに分があることがわかれば、きみももっと冷静に判断ができるだろう」ドナヒューは椅子の上で身をのりだした。「われわれがきみにどんなことを期待しているのか、具体的に話そう。ボールドウィンが姿をあらわすまで、このままここでステージをつづけてもらう」口もとがゆがんだ。「いつか必ずやってくることは、きみもわかっているはずだ。姿を見かけたらこっそり教えてくれと頼んでも無理なようだが、そっちもボールドウィンを見張っているわれわれのじゃまはしないでほしい。やつがあらわれたら、あとのことはこっちの仕事として引き受ける」

リーサは頭をはっきりさせるために首をふった。「話を聞いてなかったんですか？　わたしは協力はしません。積極的にも消極的にも、どんな形であれ協力しません。マーティンが来ることを期待しているんでしたら、わたしはここを去ります。どのみちここでの契約はあと二晩だけですから」

「それはちがうな」彼は一蹴した。「きみをわざわざ呼んだからには、目的を果たす前に帰らせるわけにはいかない。きみはあの悪党をおびきだすための囮（おとり）なんだ」

「まさか、あなたが……」ふいにすべてが腑（ふ）に落ちた。「わたしがこのパラダイス島に来たのは、あなたが裏で糸を引いていたからなのね？　あなたはこの場所とどんな関係にあるんです？」

　ドナヒューは肩をすくめた。「この島はセディカーンの所有で、島の不動産の大半もセディカーンのものだ。その事実はあまりおおやけには知られてない。アレックスがここを購入したのは、ほんの二年前だからね。ボールドウィンは、きみがまさかライオンの口のなかに堂々とすわってるとは知らないわけだ。口が閉じられてようやく気づく」

「結構な話ね。最初からもう少し疑うべきだった。いまだ底辺でくすぶっている歌手と結ぶにしては、あまりにいい契約だったから」リーサはつまらなそうに笑った。「ものすごく興奮したわ。やっと、成功への道がひらけてきたんだと思った」

「いつかは成功する。きみにはずば抜けた才能がある。ここの仕事が終わったら、後ろ盾になってくれそうな人間を何人か紹介してやろう」彼は凄みのある笑いをうかべた。「そうなれば、わたしもいくらか貸しを回収することができる」

「今度は裏取り引き？」リーサは頬が火照(ほて)るのを感じた。「見たくないものには目を閉じて、賄賂(わいろ)を受け取れと？　お断わりします、ミスター・ドナヒュー」

「そういうことじゃない」ドナヒューは乱暴に言い返した。「純粋に手助けがしたいと思っただけだ」

「でも、わたしはあなたを助けたいとは思いません」リーサはかっとして言った。「助けるつもりもないわ。あすの朝一番のマイアミ行きで帰ります。ここの契約は、今この場で打ち切りにしたいと思います」

「それが最終的な結論か？」ドナヒューは穏やかに聞いた。

リーサはうなずいた。「あなたに利用されるつもりはありません。わたしはだれにも利用されないわ」

彼は立ちあがった。「それはどうかな。わたしはやつをおびきだすための、べつの罠を考えればいいだけだ」背を向けて、ドアのほうへ歩きだした。「失礼するよ、ミス・ランドン」

リーサは両手をきつくにぎりしめた。「そもそも、マーティンは来ないかもしれないわ」腹が立って思わず口にした。

ドナヒューはドアをあけた。「自分の価値をわかってないな。ボールドウィンは必ず来る」

言葉が途切れ、その一瞬にドナヒューの目にうかんだ何かのせいで、リーサはぞくっとした。

「わたしなら来るね」彼は出ていくと、そっと扉を閉めた。

クランシーは楽屋を出たあと、その足で自分のヴィラに向かった。書斎にはいるとすぐにアレックス個人の番号に電話をかけた。案の定、ほぼ一発で出た。セディカーンではテロリストの問題が無視できないレベルにまで発展してきていて、アレックスは夜更けまで起きていることが多かった。

「アレックスか？　もしかしたらアメリカの外交筋に裏で話を通してもらう必要が生じそうだ。できるだけ自分の面倒は自分でみるつもりだが、ちょっときわどいことになるかもしれない」

「ボールドウィンのことか」アレックスが聞き返した。「だとしたら問題はあまりないだろう。麻薬密輸と暴行殺人未遂でマイアミで訴えられている男だ」

「ボールドウィンのことじゃない」クランシーは口ごもった。「あの男の別れた妻のことだ。その妻を誘拐しようと思っている」

電話線の向こうから長い沈黙が伝わってきた。「アメリカ市民を誘拐するのか？　なるほど、それは少々きわどいことになるかもしれないな。本当にそんなことが必要なのか？」

「必要だ」クランシーは言った。「こっちからSOSを送る場合に備えて、念のため事前に知らせておいたほうがいいと思ってね」

「その女はボールドウィンに協力しているのか?」

「もちろんちがう。絶対にそんなことをするような——」言いかけてやめた。さっきガルブレイスが彼女の肩を持つ発言をしたが、これでは自分もおなじではないか。クランシーは中途半端に言葉をにごした。「彼女は関係していない」

「なるほど、無実のアメリカ市民を拉致するということか」いきなりアレックスが笑いだした。「どうやら、自分じゃ対処できない難局にぶちあたったな。なぜかしら、そんな印象を受けるぞ」

「対処できないわけじゃない」

「そうであってほしいと心から願うよ」アレックスはもったいをつけて言った。「外交上の利益を優先して、その捕虜のことはあきらめようとは思わないんだな?」

「思わない」

「そう言うだろうと思ったよ」アレックスの口調にはいくらか笑いがふくまれていた。「承知した、クランシー。その美女と逃避行するがいい。面倒なことになったときには、わたしが尻拭いするよ。存分に楽しめ」

「楽しむだ?」クランシーは言った。「これは仕事だ……きみの仕事だ」

「そうかな?」アレックスは穏やかに言った。「その点については、なぜだか疑問を感じるね。こっちでできることがあれば知らせてくれ。わたしだって相手がサブリナなら、必要と判断すれば同様のことをしたかもしれない。また連絡してくれ」通話が切れて機械音が聞こえてきた。

クランシーはゆっくり受話器をもどした。まったくアレックスのやつめ。ふたりは気心の知れた非常に親しい仲で、クランシーは自分はごまかせても、アレックスを騙せたためしはなかった。

アレックスの指摘のとおりだ。リーサ・ランドンをパラダイス島に留めおく目的は、楽屋を訪ねたごく短時間のうちに一変してしまった。とはいえ、自分で理解できないことをどうやってアレックスに説明しろというのだ? これまでは物事に対する自分の出方をつねにきっちり制御してきたが、スポットライトが小さなステージに静かにすわるリーサ・ランドンを照らしだした瞬間から、どうにかなってしまった。今では、自分の感情をどう処理していいのかさえわからなくなっている。彼女の誠実さに対する賞讃の気持ちがあり、それにまじって共感、嫉妬、独占欲、性欲を感じ、さらにはクランシーをここまで刺激して混乱させる才能に対して、怒りを覚えるのだ。

クランシーは自分を欺いたことは過去に一度もないし、今後、その予定もない。リーサがボールドウィンを捕らえるための重要な要素でなかったとしても、彼女をここに引き留めるために何かしらの手を打ったにちがいない。わたしは何を考えている？　アレックスの東洋の気質に長いことふれていた影響か。自分はガルブレイスのような直情的な若造とはちがう――いい年をした男だというのに。女を無理にかっさらっておきながら、その相手がおとなしくついてくると期待するわけにはいかない。優しく辛抱強く働きかけて、少しずつ慣れてもらうようにするのだ――これからはクランシーの女だという事実に。くそ、相変わらずこれだ。彼女は自分のものじゃない。ひとりの自立した女性なのだ。

クランシーはいらいらとフレンチドアのほうへ歩いていって、庭に出た。夜の空気は穏やかで、ハイビスカスとスイカズラが香っている。彼女はこの場所を気に入るだろうか？　だが本人がむしろ花のようだ――やわらかで香り高く、それでいて強さがあって地にしっかり根をおろしているのがわかる。モザイクタイルの噴水と花咲く木のこの静かなオアシスで、彼女がくつろぐのを見てみたい……。いや、それよりもマラセフの家の庭がいい。そこまで考えて、クランシーはあきれ気味に首をふった。今度はまるで、庭師よろしく花に情熱を傾ける、旧友デイヴィッド・ブラッドフォードみたいだ。今夜はどうも自分らしくない行動をする傾向にある。クランシーは活動派の男で、詩人でもなければ、庭いじりを趣味とする人間でもない。彼は背筋をのばし、家にもどった。

そろそろ、やれることをやっておかなければ。リーサは朝一番に発つと言っていた。ということは、目的達成のための時間的猶予があまりないということだ。ガルブレイスとバートホールドに電話をして、命令を伝え、指示を出さなければ。ガルブレイスに関しては問題はないだろうが、バートホールドは二の足を踏むかもしれない。あの男はいかにも問題の種になりそうな雰囲気をただよわせている。安穏な生活を送っていると、一部の人間はそうなるものだ。クランシーは決然と足を速めて書斎にはいっていった。デスクの電話に向かったときには、さっきまでの疲れは忘れていた。そんなことを気にしている暇はない。今から拉致計画の準備をしなければならないのだ。

2

夜のあたたかな空気は、頬をそっと愛撫するようだった。バルコニーから見おろす暗い海辺を月が銀色に染め、水がきらきらと美しく輝いている。ニューヨークは今は冬だ。リーサはそのことを思いだして、身を震わせた。昔から冬は嫌いだった。冬が来ない島にずっと滞在するというのは、どんな感じなのだろう？　リーサはくたびれた気分で顔にかかった毛をうしろへはらった。それがどんな感じか永遠に知ることはないし、非現実的すぎて想像するのさえばからしい。熱帯の島で歌う仕事なんてめったにめぐってこない。パラダイス島でのステージの話をエージェントがもってきたときは、それは大喜びで、リーサは雪とぬかるみのニューヨークから出られる機会にとびついた。

どうやら、クランシー・ドナヒューが鼻先にぶらさげた人参にまんまと食いついてしまったらしい。またしてもマーティンだ。彼から永遠に解放されることはないのだろうか？　ときどき、つい考えてしまう。マーティンはこの先も暗い影としてずっとリーサにつきまとうのではないかと。そしてトミーの記憶を蒸し返して――だめ、考えてはいけない。考えさえしなければ、自分の心の一部は凍ったままで、痛みを感じずにすむのだから。リーサは苦労の末にこの氷の楯（たて）、この忘却を手に入れたのだ。それと引き換えに笑いと生きる意欲を失ったかもしれないが、今でも妥当な取り引きだったと思っている。

　電話が鳴って、リーサはとびあがるほど驚いた。もう夜の十二時をすぎていて、こんな時間にかけてくる人に心当たりはなかった。

　マーティンをのぞいて。

　マーティンはこれまでの三年間、昼夜を問わず、世界のどの場所からでも電話をかけてきた。電話番号を変えても無駄だった。彼はいつもどうにかして新しい番号をさぐりだすのだ。そもそも電話に出なければいい。リーサはパニックに呑まれそうになりながら思った。だが、出てしまうのは、自分でもわかっている。いつもそうだった。部屋にはいり、枕もとのテーブルのほうへ歩いていって受話器を取った。「もしもし」

「何かあったのか？」クランシー・ドナヒューの乱暴な声がした。「呼び出し音が鳴りっぱなしだったぞ」

　ほっとして力が抜け、リーサはベッドにへたりこんだ。「もちろん何もありません」大きく息を吸って、なんとか呼吸を整えた。「もう夜中よ。寝ているかもしれないとは思わなかったんですか」

「寝てたのか？」

リーサは質問にはこたえなかった。「なぜ電話してきたんです？　もう話はすっかりついたものと思っていましたけど」

短い沈黙があった。「考えなおすチャンスをあげようと思ってね」ようやく出てきたのがその言葉だった。「協力してもらえないか？」

「絶対に協力はしません。ミスター・ドナヒュー、あなたは相手が断わっているのがわからないようですね。もう荷物もまとめて、マイアミ行きの八時の便を予約したわ。罠に使う餌は、どうぞ、よそでさがしてください」

「ボールドウィンが食指を動かす餌は、きみ以外にない」彼はにべもなく言った。「心は変わらないんだな？」

リーサはため息をついた。「ええ、もう決めました。あきらめてください、ミスター・ドナヒュー」

「あきらめる？　戦いははじまったばかりだ」ドナヒューは声を落とした。「悪いな。こういうやり方は本意ではなかった」

反論する間もなく電話は切れ、リーサはわずかに眉をひそめてゆっくり受話器をおいた。

ドナヒューの最後のひとことがリーサを不安にさせた。というよりドナヒュー本人がリーサを不安にさせるのだ。彼は——ありがたいことに——めったに出会うことのない、存在感のある豪傑タイプの男だった。すべてにおいて人並み以上で、こちらが気おくれさせられる。あまりに知的で、自身満々で、男らしい。力強いオーラを発していて、いっしょにいて落ち着かない気分にさせられるのだ。あす、ここを出ることにしてよかった。リーサが心に築いた壁を何者にも破らせるわけにはいかないが、たぶんクランシー・ドナヒューは、この世に存在するなかで自分に壊せない壁はないと思っているような印象だ。やはり、彼とは二度と会わないにかぎる。

立ってバスルームに歩いていった。小さなプラスチックのケースをあけ、睡眠薬二錠を出して一気に呑みこんだ。この二カ月間はなるべく薬に頼らないようにしてきたが、今夜は心が乱れて、夢のない眠りにつくことはできそうにない。あの夢はなんとしても遠ざけておかなければ。二度と絶対に見たくない。リーサは旅行用の目覚ましをセットして、ローブを脱いでベッドにもぐりこんだ。それから手を伸ばしてライトを消し、枕にもたれた。まぶたを閉じ、深く呼吸してできるだけ全身の筋肉を楽にし、思考のすべてを追いだして頭のなかを無にする。胃のあたりに小さなパニックがこみあげたが、あわてて抑えこんだ。怖がる理由は何もない。すぐに睡眠薬が効いてきて、夢のない眠りに導いてくれるはず。いっさいの夢のない眠りに……。

　夢は見た。けれども恐れていた暗く憂鬱な悪夢ではなかった。断片的で支離滅裂な妙な夢で、腕にチクリと刺す感覚があり、何人もの男の声がして、ライトを感じ、やがて夢は暗転して、その暗闇がうねり流れる合間に、ぼんやりとした覚醒の瞬間が何度かおとずれた。

「おい、意識がないぞ。打ったのは軽い鎮静剤だ。あんな薬で正体を失うはずはないだろう。どれだけの量をやったんだ?」荒っぽいクランシー・ドナヒューの声。べつに、それほど不思議なことではない。眠りに落ちる前に、頭で考えていたことのひとつがドナヒューだった。でも、そんなに恐い声を出すのはやめてほしかった。

「指示どおりの容量ですよ」もっと若い声……弁解がましい口調だ。「睡眠薬を飲んでるなんて、知りようがなかったんです。バスルームでこれを見つけました。起こしても起きないから、おかしいと思って」

「強い処方薬じゃないか。もしかしたら薬をまぜて危険だったかもしれない。今からセディカーンの医局に電話する。よく見張ってろ。呼吸がわずかにでも乱れたり、深い昏睡に陥ったりしたら、ただちにわたしを呼べ」

　ふたたび闇が深くなった。どこかへ運ばれている。ミント。ドナヒュー。楽屋でかいだのとおなじアフターシェイブのにおいだ。さわやかで心地いい香り。それに、今自分を運んでいる腕も心地いい。あたたかで頑丈で、声は乱暴でもそのぶん優しい腕。リーサは猫が喉を鳴らすような満ち足りた声を出し、硬くたくましい胸に頰を寄せた。こんなふうにリラックスして、こんなふうに守るように抱かれているのは、なんてすばらしいんだろう。この力強い腕なら、まちがいなく悪夢を追いはらってくれる。「安心ね」ほんのささやき声が出た。抱いている腕に力がはいった。「そうだ」ドナヒューの声はもはや乱暴ではなく、ビロードのようにやわらかだった。「安心していい、リーサ。これからはわたしがきみを守る」

それは嘘だ。あの悪夢から守れる人なんて、いるはずがない。でも、つかの間、信じてみるのも悪くない。「ありがとう」リーサは半分眠った声でつぶやいた。

耳の下から聞こえる彼の笑い声は、少しかすれていた。「意識がもどったあとでも感謝されるかは疑問だな」やわらかいクッションを敷いた場所に横たえられて、ふいに腕が消え、リーサは文句をつぶやいた。「大丈夫だ。ここにいるよ」ドナヒューの重みでマットレスがしずみ、彼はリーサの両手を取って、自分の手であたたかくつつみこんだ。「目を覚ますまでここにいる。きみをどこへもいかせないよ」ドナヒューはにぎった片方の手をといてリーサの額(ひたい)にかかった前髪をはらい、やがて頰の横をなではじめた。「眠るんだ」

「夢から守ってくれる?」

なでていた手がごく一瞬だけ動きを止めた。「それが望みなら」

「ええ、お願い」リーサはささやいた。「そうしてほしいの」

「じゃあ、夢から守ってあげよう。眠るんだ、リーサ。夢が二度とおそってこないように、わたしが見張ってる」

その言葉を信じられそうな気がした。リーサは抗う力を解放して、闇に身をあずけた。

彼女は眠りに落ちた。クランシーはそっとリーサの手をはなして、立ちあがった。医局の話によると、今後、最低でも十から十二時間は意識のない状態がつづくとのことだ。それでも、彼女をひとりにするのがためらわれた。ものすごく孤独に見えるのだ。白い枕にひろがる蜂蜜のような薄茶の髪は、幼い子どもの髪のようにもつれ、やわらかだった。ピンク色をした唇は小さくすぼみ、細くあけた隙間から深い呼吸をしている。たぶん、クランシーが横にいることももはや意識にないのだろうが、なぜか、そのことはどうでもよかった。自分は彼女を守ると約束したのだ。とても恐れている夢を追いはらってあげると。薬のせいで深く眠っているにもかかわらず恐怖を感じるほどのひどい悪夢というのは、いったいどんなものなのだろう？　どうしても突き止めたい。ふいに、クランシーは居ても立ってもいられなくなった。

ドアのほうへ歩いていって、スーツケースをつかんだ。まだ荷物をとくことさえしていなかった。キングサイズのベッドの裾にある、クッション張りの低いベンチにスーツケースをのせ、錠をはずしてふたをあけた。リーサ・ランドンの調書は一番上にのっていた。あとでゆっくり読むつもりで、ロサンゼルスで飛行機に乗る前にざっと目を通しただけだった。あのときは彼女自身の個人的な情報よりも、ボールドウィンと元妻がどんな関係にあるのかというほうに関心があった。しかし今は、クランシーのベッドに寄る辺ない子どものようにうずくまる女性のすべてを知りたかった。クランシーは籐椅子を部屋の奥まで引っぱっていって、できるだけ楽な姿勢ですわった。残念ながら、この椅子はクランシーのような大男がすわるためにはできていないらしい。リーサが目を覚ますまでには、相当きついことになっているだろう。とはいえ、もっとくだらない理由のためにこれ以上の苦痛をあじわったことが、過去にいくらでもある。靴を脱いで脚をベッドにのせた。それからマニラ封筒をあけて、リーサ・ランドンの調書を読みはじめた。

リーサは深い眠りについていたが、一瞬にしてぱっちりと目が覚めた。目の前にアイスブルーの瞳があったのだ。クランシー・ドナヒューの目。だがリーサの部屋で何をしているのだろう？「ここで何を……」ベッドから身を起こし、と同時に急に動いたことを後悔した。部屋が暗くなり、ぐるぐるまわりだした。

ドナヒューが悪態をつくのが聞こえた。つぎの瞬間には彼はベッドに腰かけていて、リーサの肩に手をおいて身体を支えていた。「あわてるな。いつもこんなにがばっと起きるのか？」

「え……いいえ」朦朧とする頭を左右にふったが、まともに考えるのは無理そうだった。「よくわからない」それでも、クランシー・ドナヒューが自分の部屋にいるのはあまりに変だということは理解できた。舌が乾いているような感覚がして、言葉が少しもたついた。「あなたはこの部屋にいては……」

「横になるんだ」彼はふたたびリーサを枕に寝かせた。「わたしに喧嘩を売るかどうか決めるのはあとにして、ゆっくり起きてから状況に対処すればいい」歯をこぼして笑った。「大丈夫だ、そのときはすぐに来る」

「わたしの部屋で何をしているの？」でも、ちがう。ここはわたしの部屋じゃない！　寝ているベッドはクイーンサイズでなくキングサイズで、ベッドカバーはチャコールと黄色のストライプではなく紺色、壁はグレーではなくベージュをしている。あつらえた白いシルクのパジャマを着ている点に変わりはないが、それ以外の何もかもがとんでもなく異なっている。リーサはショックに目を見ひらいて、もう一度身を起こそうとした。

その動きはただちにドナヒューにさまたげられ、肩を持って押しもどされた。「そのとおり。ここはきみの部屋じゃない」静かに言った。「ホテルの一室でもない。あのカジノホテルから七、八百メートルほどのところにある、わたしのヴィラの寝室だ。怖がることはない。きみの身にいっさいの危険はないし、今後も安全だ。約束する」

「あなたの寝室?」リーサは耳を疑うほど驚いて、相手をまじまじと見た。「わたしはここで何を……」眠りにはいりこんできた切れ切れの夢を思いだして、その先を呑みこんだ。「わたしを拉致した」つぶやくように言った。信じられない。「まさか、わたしを誘拐したの?」

ドナヒューはうなずいた。「やむを得なかった」彼はあっさり言った。「ボールドウィンを捕らえる必要がある。すでに話したことだが」

「それでわたしを拉致したというの? べつの罠、と言ったわね。わたしが例の罠の餌になることを断固拒否したから、あなたはべつの罠をつくって、餌をそっちへ移した」手をあげて額の髪をかきあげた。「そういうこと?」

「そういうことだ。前にも言ったが、本当は最初から協力してもらいたかった。こういうやり方をせざるを得なくなって残念だ」

「残念ですって?」全身に怒りがわいて、意識を朦朧とさせていた霧が焼きはらわれた。「誘拐までしておきながら、残念だとしか言えないんですか? これは犯罪でしょう!」

「ああ、承知のうえだ」ドナヒューは顔をしかめた。「できれば、もうひと眠りしたほうがいい。話ならあとでできる。医者の予想では、もうあと五時間くらいは眠りつづけるということだった。こんなに動揺させて身体に害がないか心配だ」

「誘拐されたら動揺するのが当然だとは考えないの？　あなたの住む世界じゃ、ありふれたことなのかもしれないけれど、わたしにとってはちがうわ」リーサはぎらぎらした目でにらみつけた。「拉致されるのは生まれてはじめてよ」

ドナヒューは口をゆがめた。「わたしだって、街で手当たりしだいに拉致してくるようなことはしないよ、ミス・ランドン」

「そう。じゃあ、わたしは選ばれて光栄ということ？」リーサは相手の手をふりはらい、なんとか身体を起こそうとがんばった。「でも、そんなことちっとも思わない。腹が立ってしかたがないわ」

「見ればわかる」彼はそっけなく言った。「まさにそういう反応を予想していた。しかし残念だがこの状況をあきらめてもらうしかないし、きみはできるだけ快適にやっていく方法を模索したほうがいい。もう連れてこられたのだし、ボールドウィンが姿をあらわすまでここを出ることはないんだ」

「冗談でしょう」リーサはベッドをとびだしてドアに向かって駆けだした。だが、脚がどうも変だった。力がはいらずふにゃふにゃして、しかもまたしても視界がまわりだした。ふいに何かにつまずいて絨毯に膝をつき、鋭い痛みが走った。

ドナヒューが低い声でうなったのがぼんやり聞こえ、その直後、彼は横でひざまずいていた。「まったく、何を考えてる」腕に抱きかかえられて、顔が胸板に押しつけられた。またもやミントと石鹸とムスクの香りだ。リーサは鈍い頭で思った。「寝てろと言っただろう。薬を大量に摂取したんだ。頭もあげていられないくせに、走りまわれると思ったのか?」

「走りまわったんじゃない。逃げようとしたんです」リーサは弱々しく言った。真っ暗な世界がまわりをぐるぐるまわっていたが、そのふたつの区別は重要だと思った。リーサは必死になってドナヒューのセーターをつかみ、身体を支えようとした。「薬って?」

「害のない鎮静剤を投与したんだ。まさか睡眠薬を服用しているとは思わなかった」リーサを抱いている腕に力がはいった。「そもそもああいう薬は使うべきじゃない。どうしてあんなものを服むんだ?」

「必要だから」ふたたび暗闇が晴れてきた。彼の胸からなんとか頭をあげようとしたが、やってみるととても重くてできなかった。「それに、あなたには関係ないことでしょう」

「関係ないだ?」うなるような声だった。「関係大ありだ」ドナヒューはリーサを自分に引き寄せていきなり立ちあがった。「今からきみはわたしの関心事だ」リーサをかかえあげてベッドまで運んだ。「そろそろ、人に心配されてもいい時期じゃないか？　自分ひとりでがんばれるような人間には、とても見えないぞ」

リーサは自分の自立性にけちをつけられて怒りを感じるべきなのはわかっていた。なんらかの感情を覚えるくらい気力が出たら、そうするつもりだった。「睡眠薬は必要なの」もう一度つぶやいた。それを理解してもらうことが大事なことのように思えた。

「今後は必要ない」彼の声はどこか厳しかった。「それに代わるものをいっしょにさがそうじゃないか」ドナヒューはリーサをベッドに横たえ、そっとシーツをかけた。「とりあえず話を聞くんだ。いいか？」声とおなじように表情も厳しかった。「きみが怒るのもわかるし、怒って当然だ。わたしだって同様の反応をするだろう。だが、怒ろうがどうしようが、現状は変わらない。ここで客となるか囚人となるか、どちらを選ぶかはきみしだいだ。このヴィラはプライベートビーチにあって、家がくずれるほど大声をあげてもだれにもとどかない。ふたりの男が二十四時間、表と裏の出入口を警備している。きみはきっとわたしを殴り倒すか、喉を掻き切ってやろうという誘惑に駆られるだろうが、それをやりとげたとしても、見張りとも戦わねばならない」彼はふたたびベッドのそばの椅子に腰をおろした。「われわれが用意した筋書はこうだ。ホテルのスタッフには、きみがステージの契約を突然打ち切りにしたのは、ポール・デズモンドという油田主のアメリカ人富豪と出会ったからだと伝えられている」彼は冗談めかして自分を指差した。「きみはビーチの先の愛の巣にいったん移り、間もなくそいつとテキサスに帰る予定になっている。これを聞きつければ、ボールドウィンは駆け足でやってくるだろう」

「まさか……」

「今の言葉は否定じゃなく抗議だろうね。やつが来ることは、おたがい疑ってないはずだ。きみが関係することとなると、あの男はこれまでにも病的な嫉妬心を発揮してきた」

リーサは目をあけておくのもやっとだった。「こんなことは許さない。ここから逃げるわ」努力もむなしくまぶたが閉じた。「あなたから逃げるわ、ドナヒュー」

彼がリーサの顔から髪をはらったとき、愛撫のような手つきを感じたのは気のせいだろうか？「手遅れだ、リーサ」あたりをおおう闇のなかから彼の言葉が聞こえた。ぼんやりしていたが、聞きまちがえようはなかった。「わたしは一生きみを逃がさないよ」


つぎに目をあけたとき、そこに見えたのは威圧的なドナヒューではなく、もっとずっと温和な顔だった。魅力的ににっこり微笑みかけてくるその男は、年が若くて、いかにもアメリカ人らしい青年だった。ジーンズに派手な花柄のアロハシャツにテニスシューズというくだけた格好をしている。

「ミス・ランドン。僕はジョン・ガルブレイスです。具合がよくなってるといいんですけど。クランシーはここ一時間、ガミガミ怒鳴りっぱなしですよ。今は医局に電話して、あなたの薬の反応のことで、なぜもっときめ細かく指示しなかったのかと責めたてているところです」彼はわざとらしい顔つきをした。「でも彼らは僕よりはましだ。あんな昏睡状態に陥ったあなたをここに運んできたときには、バラバラに切り刻まれるところでした」

　少年のような愛嬌（あいきょう）のある顔からとびだした暢気（のんき）で何気ない発言に、リーサははっとして我に返った。「あなたがここに運んだの？」

「ハイレベルな任務は全部僕の受け持ちです」彼は皮肉めいた口調で言った。「アメリカ市民の誘拐は僕にうってつけの仕事でしょう」

　リーサはベッドで身を起こした。今ではふらつく感覚は消えたが、まだ頭痛が少し残っている。「任務といっても犯罪でしょう。ミスター・ガルブレイス、あなたはこれから長いこと刑務所ですごすことになるわ」

「それはありませんよ」彼は穏やかに言った。「クランシーは事前に対策を打ったうえでないと、こんな仕事を命じたりしませんから。どんなときも部下を守る人です」

「今回、彼は自分を守るのに四苦八苦するわ」

眉間に小さなしわが寄った。「ミス・ランドン、不満なのはわかりますが、クランシーに盾つくような誤ったことはしないでください。彼はあなたに危害をくわえる気はありませんが、ボールドウィンがあらわれるまで解放するつもりもない。そのことを受け入れて観念したほうが、ずっとやりやすくなりますよ。クランシーは僕が人生で出会ったなかでも一番手ごわい男です。逆らわないほうが身のためですよ」

「冗談でしょう」ドナヒューの横柄な態度や言語道断な法破りの行為を思いだして、怒りが再燃してきた。「逆らうなんて生易しい——八つ裂きにしてやりたいくらいよ」リーサは不吉に声を落とした。「あなたを片づけてからね」

ガルブレイスは縮みあがった。「僕はクランシーよりちょろい相手ですけど、そんな目にあうのは勘弁だな。今はどうやら血に飢えているようですね。たぶん、何か食べたほうがいい」彼は立ちあがった。「二十四時間近く食事をしてないんだ。キッチンにいって、簡単につくれそうなものを考えてみますよ。あなたの服は、クローゼットとチェストの引き出しに全部入れておきました」ベッドの右にあるドアを指した。「バスルームはすぐそこです。クランシーに伝えておきますよ。具合はずいぶんよくなった……いや、ひと暴れできそうなほど回復したとね」彼はぶらぶらと部屋を横ぎって、ドアに向かった。「すぐに晩飯を持ってもどってきますから」

晩飯？　リーサの視線が部屋の奥にあるフレンチドアのほうへ流れた。空は夕暮れの朱色とピンク色で輝いている。丸一日近く、意識がなかったということだ。クランシー・ドナヒューが心配したのも無理もない、とリーサは冷ややかな気持ちで思った。誘拐にくわえて殺人罪に問われることを危惧したのだろう。もちろん、リーサがここをどうにか脱出できたら、あの男をそうした罪で訴えてやる。こんなことをして、お咎めなしに許されていいわけがない！

あのフレンチドア。リーサは考えるより前に行動に出て、上掛けをはいでベッドから抜けだし、ドアへ駆け寄った。鍵はかかっていない！　タイルは今も午後の熱をためていて、中庭を駆け抜けるリーサの素足に熱さが伝わってくる。庭をかこむ石塀には真鍮の金具のついたマホガニーの木戸があったが、リーサはそれには目もくれなかった。ドナヒューはどの出入口にも見張りがついていると言っていたが、その彼らも、まさか二メートルを超す塀をリーサがのりこえるとは予想していないだろう。石塀は芳香を放つスイカズラが分厚くおっていて、上までよじのぼるのにいい足場になりそうだ。ちょっと体重をかけただけで塀から蔓がはがれてきたが、リーサはお構いなしにそれをつたって闇雲によじのぼった。ドナヒューは庭師を雇って修復させればいい。費用が高くつけば、いい気味だ。

塀の上までのぼったところで、息を整えようと一瞬動きを止めたが、すぐにまた呼吸が乱れた。塀から数メートルもない場所に男が二人いる！　だが、ありがたいことに、こちらに背中を向けている。運が味方さえしてくれれば……。塀にそってプライベートビーチがつづいていて、見張りの男たちから五メートルほど先で、打ち寄せる波が静かな音を響かせている。リーサのとびおりる下はやわらかい砂地なので、音を聞かれずにすむかもしれない。リーサは必死の祈りを唱えると、地面にとびおり、見張りに気づかれたかふり返ってたしかめもせず、そのまま駆けだした。

見慣れたカジノホテルの摩天楼が、地平線にそびえている。なんとかあそこまでたどりつければ、従業員の大半がドナヒューの指示で動いていたとしても、きっと宿泊客のだれかに助けを求めることができる。貝が刺さって右足の土踏まずに鋭い痛みが走ったが、傷の心配などしていられなかった。

「リーサ、止まれ！」

ドナヒューだ！　心臓の鼓動が一瞬止まり、すぐにまた狂ったように打ちはじめた。リーサはペースをあげ、裸足の足が砂の上の宙を蹴った。

「くそ。リーサ、止まれ！　けがするぞ」

ああ、神さま。どうやら、すぐうしろまで迫ってきている。これ以上速くは走れない。肺が苦しくなって、わき腹に激痛が走った。ホテルはさっきより近くに見える。このままなんとか痛みをこらえて走りつづければ――。

リーサは頭から砂に倒れこんだ。たくみなタックルをうしろから膝に受けたのだ。肺に残っていたわずかな酸素が身体から押しだされて、リーサは夢中になって息を吸った。意識が朦朧とするなか、身体を上に返され、たくましい太ももが脚の上にまたがった。とっさにもがいたが、すぐに手首をつかまれて頭の上に押さえつけられた。

「あきらめろ!」ドナヒューは荒っぽい声で言った。「自分の負けがわからないのか? きみが目を覚ましたとジョンから聞いて、ただちに様子を見にもどったほうがいいとピンと来たんだ。そしたらぎりぎりのところで、カモメよろしく塀の上にのってる姿が見えた」

「まだ負けてないわ」呼吸が少しもどって、リーサはようやくそれだけの言葉を吐きだした。脚をあげて相手を膝で蹴ってどけようとしたが、重すぎてできなかった。「あなたには絶対に負けないから」

「数時間前には、あまりの弱々しい姿に心配させられたというのに」クランシーはつぶやいた。「いざとなると女は恐ろしいってことを、思い知らせてやったと考えてるんだろうな」

「はなして!」リーサは必死に腕をふりほどこうとしたが、手錠のように手首をがっちりと押さえつけられていた。「わたしがどれだけ恐ろしいか見せてあげるわ、ドナヒュー。あなたを殺してやるから」

「ジョンから聞いたよ」

「ご友人の、あのベビーフェイスの不良少年のこと？」リーサは燃える目で相手をにらみつけた。「彼には少なくとも、わたしが真剣だと理解する賢さはあったわ」

「あいつが少しでも賢ければ、きみをひとりにするような真似はしなかった。わたしがもどるまでそばについていろと言っておいたんだ。意識がもどったらこういう愚行に出るかもしれないと予測していたからな」

「愚行？　逃げようとするのが愚かだというの？」

「なんであれ、勝ち目のない戦いをするのは愚かだ」彼はぶっきらぼうに言った。「これはまちがいなく勝ち目のない戦いだ。きみを絶対に逃がさないぞ」

そういえば、前に似たような台詞を言われたような気がする……けれども、なぜだか受けた印象は今とはちがっていた。リーサはいらいらと思いをふりはらった。気のせいか、ドナヒューに与えられた薬のせいだろう。「わたしは逃げるわ。今じゃなくても、いつかはね。こんなことを許してはおけない」

「リーサ……」青い瞳でじっと目を見つめられ、リーサははっと息を呑んだ。熱い波が全身をつつみこみ、まったく新しい感情が怒りを呑みこんだ。ふいに、リーサの手足を事もなげに押さえている筋肉質の太ももが意識された。こんなにも大きく、こんなにもたくましい。それにくらべてリーサはあまりに弱々しく、あまりに無力だ。またしても恐怖したように胸が激しく打ちだしたが、感じているのは恐怖ではなかった。

まさか！　あり得ない。人質が犯人に倒錯した性欲を覚えるという話は聞いたことがあるけれど、自分はそんな人間じゃない。それでも、サテンのパジャマの下の胸は荒くなった呼吸とともに上下に動いていて、ドナヒューの目が、そのリーサの動揺を映す証拠に吸い寄せられるのが見えた。「抵抗はやめろ」彼はハスキーな声で言った。彼自身の喉もとも激しく脈打っている。「絶対にきみに危害をくわえることはしないよ。それはわかってるだろう？」

「あなたのことなんて、何も知らないわ」彼の姿を視界から消したくて目を閉じた。けれども逆効果だった。姿が見えないぶん、肌から発散されるムスクと石鹸のにおいと、布をとおして伝わってくる燃えるような太ももの感触を、ますます意識してしまうのだ。もう一度まぶたをあけ、彼の目と目が合って、あらためて衝撃を受けた。強い視線。親密で、何かを期待するけぶるような目。「知りたくもない」リーサはつぶやいた。

「嘘をついているな」手首にある彼の親指が、リーサの敏感な脈のところを無意識になぞっている。

身体がじりじりと熱くなった。ああ、きっとドナヒューは、自分がリーサに何をしているのか気づいてもいないのだ。強い欲望が全身にひろがって、震えが走った。

「わたしとおなじことを感じているはずだ。少なくとも肉体的には、わたしをくまなく知りたいと思っているだろう」

「ちがう、わたしは——」リーサはその先を呑みこんだ。否定してもしかたがない。ふたりは性について何も知らない子どもではないのだ。彼のような経験豊富な男が証拠の数々を見逃すはずはない。「だからといって、なんなの」リーサは腹立たしげに言った。「ただの生物学的な反応で、べつに何を意味するものでもないわ。どいて、ドナヒュー」

「もう少ししたらどく」彼の目が、胸のなだらかなふくらみを名残り惜しそうに見ている。たちまち自分の胸の先端が硬くなるのを感じたが、薄いサテン一枚では、きっとそれは隠せない。さぞ勝ち誇った顔をしているにちがいないと思って、リーサはドナヒューを見た。けれども、そこにうかんでいたのは欲望と興奮と、それになんともいえない感嘆の表情だった。

「とてもすてきなながめだ。きみがどれだけ美しいか、見てみたい」

うしろから突進されたときのように、身体からはっと息がもれた。「やめて！」

ドナヒューはしぶしぶ目をあげて、リーサの顔を見た。「わかってる」彼は同意した。「わたしにはできないよ。ただ願望を言ったまでだ。望むことと、奪うことは別物だ」リーサの手首をはなした。「奪ってまで望みを満たす必要があったのは、もうずっと昔のことだ。今じゃ、おなじことをしても自分が満足できないだろう。わたしに無理やりベッドに連れこまれると心配する必要はないよ。きみからも望んでほしいんだ」表情がこわばった。「頼むからわたしを怖がらないでくれ。それは我慢できない」

リーサはかぶりをふった。「まともじゃないわ。どうして怖がっちゃいけないの？　誘拐されて、しかも今度はベッドに誘いたいとまで言われて」

ドナヒューは立ちあがり、リーサを起こそうと手をさしのべた。「その何が怖い？」彼は淡い笑顔を見せた。「きみだってそれを望んでるんだ。心の準備ができるまで、待っているよ。わたしはほしいものがあるときには、忍耐強くなれるんだ」リーサのひじをつかんで、ヴィラのある方向へそっと押した。「そろそろ家にもどらないか？　いろいろ話もしないといけない」

リーサは無意識にいっしょになって歩きだしていた。どうしてわたしは抵抗しないのだろう？　腕をがっちりにぎられているのに、その手が優しくさえ感じられた。それでも、少しでも抵抗すればただちに抑えられるのだろう。つぎの逃亡の機会まで、また待つしかない。今回はあと少しだったのだ。つぎはきっとうまく逃げられる。

「急にやけに従順になったな。本当に身体は大丈夫なのか？」

「従順じゃないわ」リーサはまっすぐ前を見た。「あなたとおなじで、ほしいものがあるときには、とても忍耐強くなれるのよ」

彼はおかしそうに笑った。「なるほど、そうだな。はじめて見たときにはしとやかで、か弱そうな女だと思った。そんなおっとりした外見の下に、こんな猛獣のような女が隠れているとだれが想像する？」

まったく彼の言うとおりだと気づいて、軽いショックを受けた。リーサは昔からいつも――幸せの絶頂にある瞬間でさえ――冷静で落ち着いていた。それなのにドナヒューが楽屋にやってきて以来、激情とさえいえるような原始的な感情にまかせて行動している。恐怖、怒り、欲望、どれをとってもこれほど激しいものはかつて経験したことがなかった。赤の他人に――しかも、ドナヒューのような不埒で、非情なまでに頑固な他人に――感情をここまで煽られてしまうのかと思うと、少し不安になった。

「どうした？」彼が目を細めてリーサの顔を見ていた。「何かまずいことを言ったか？　きみを傷つけるようなことを？」

「いいえ」リーサは視線を避けた。「あなたが言ったことでわたしが動じるはずはないでしょう。あなたの意見なんて、わたしにはどうでもいいことなんですからね、ドナヒュー」

腕をつかむ手に力がはいった。「まったく蜂のような舌だな」彼は吐き捨てた。「あとで話し合いがすむまで、その針をこっちに向けるのは我慢しておいてくれるか？　今はわたしも精神的にとても安定しているとは言いがたい」

ヴィラにもどると、ガルブレイスとふたりの若者が庭の入口のところで不安そうに待っていた。ガルブレイスのほうは、笑ってしまうほどの悲しげな非難の目でリーサのことを見ていた。「ミス・ランドン、やってくれましたね」彼はそう言って、扉をあけると一歩さがってリーサを先に庭に入れた。「あなたは弱くて憔悴した女性でいないといけないのに、テレビの『ジャングルの女王シーナ』みたいに蔓をよじのぼって、二メートルの塀からとびおりるなんて。おかげで僕は、困った立場に追いこまれましたよ」

「そのとおりだ」ドナヒューは言った。「おまえは愚かなうえに不注意だった。セディカーンに送り返すべきか迷っているところだ。新人エージェントだって、もっと賢く立ちまわっただろう」ふたりのガードを親指で指した。「あいつらを交替させろ。おまえはこの島にもっと抜かりのない人材がいないか、さがしてみるんだ」ドナヒューはリーサをうながし、寝室にはいるフレンチドアに向かって庭をつっきった。「適当なのが見つかるまでは、おまえみずからが、その扉の外で寝ずの番をするといい。わかったか?」

ガルブレイスはうなずいた。「朝までは交替させるわけにはいきませんよ。今夜は例の楽しい熱帯のスコールに見舞われないといいんですが」

「雨にあたれば、その頭にもまともな知力がはいってくるかもしれんぞ。学生のように見えるのは職業上の得になるが、学生のように振る舞うのは職業上の自殺行為だ」ドナヒューはガルブレイスが顔を引きつらせているのを無視して、なかにはいってフレンチドアを閉めた。

リーサの腕をはなし、背を向けた。「ガルブレイスはおなじまちがいを二度とくり返すことはないだろう。きみは今後、許可なしには庭に出ることさえ許されない」彼は部屋を横ぎって奥のドアのほうへ歩いていった。「部屋の出口はここしかないし、ドアの向こうにはわたしがいる。言っておくが、わたしはガルブレイスよりも相当に注意深い」肩ごしにふり返り、その強面が一瞬、笑みのようなものでくずれた。「わたしのほうが、きみをより理解しているからね」

「何ひとつ、わかってないくせに」

「それはちがうな。まだ知らないところも多いが、十分わかっているよ」ドアをあけた。「何か食べるものを持ってこよう。砂を洗い流せば、いくらか気分がよくなるかもしれないぞ。だが、もし気力がわかないなら、喜んで手を貸そう。レディを拉致したときには、いつも喜んで世話人の役を買って出るんだ」ドナヒューは部屋を出ていき、小さいが有無を言わさぬ音とともにドアが閉まった。

3

リーサは閉じられた扉をぼう然と見つめた。たたたみかけるようなてきぱきした態度ががらりと変わり、いきなり冗談半分のいやらしい発言がとびだしてきたので、またしても意表をつかれた。あの男にはいくつの人格があるのだろう？　リーサは深呼吸をして、バスルームをふり返った。砂が気持ち悪くなかったとしても、どっちみちドナヒューが言い残した勧めにはしたがった。彼という人物は未知数で、あれが完全な冗談だったとは言いきれないし、今後は親密な状況に陥るのは絶対に避けたかった。たった今自分が砂浜で示した反応に、リーサはなおも戸惑いと不安を感じていて、ふたたびああした状況をくり返すのは危険だと思った。

四十分のあいだにシャワーをあびて、髪を洗って乾かした。つぎの十分で、だぼっとした白い麻のパンツと、腰まで隠れるサーモンピンクのゆったりしたコットンセーターに着替えた。髪をひねりあげて頭のてっぺんで無造作にまとめ、鏡に映った自分を見て満足してうなずいた。この格好のどこをとっても色っぽさを感じる人はいないだろうし、それこそがリーサの狙いだ。最後に白いキャンバス地のサンダルに足を入れると、戦いの準備は整った。一瞬、その場にたたずみ、心を落ち着かせた。必要なのはドナヒューと合意にいたることで、おたがいの納得のうえに解放されることがリーサの望みだ。相手の強引さと冷静な自制に倣い、リーサもおなじ態度でのぞめば、きっと彼もこちらにしたがう意志がないことを理解するだろう。唯一の問題は、リーサは強引に出るのがあまり得意ではないことだ。もし得意なら、こんなふうにマーティンとの板ばさみになって苦しい立場に陥ることはなかった。リーサは昔から優しすぎるところがあり、マーティンはその弱点につけこんでリーサを自分にいいように操るすべを熟知していた。

だがドナヒューはそうした不幸な優しさのことを知らないのだ。リーサが恐れ知らずの不敵な顔をしていれば、きっと気づかれることはないだろう。

ともかく、ドナヒューが来るのを部屋でおとなしく待っていてはいけない。そんなことをすれば、自動的に相手を心理的な優位に立たせてしまう。リーサはさっき彼が出ていったドアへ足早に歩いていって、ノブをひねってみた。鍵はかかっていなかった。扉を大きくひらいて、ドナヒューをさがしにいった。

ヴィラの居間は寝室とおなじく、ひかえめながら贅沢(ぜいたく)な内装がされていた。アンティークゴールド色の厚みのある絨毯が敷いてあり、モダンな家具は濃いチョコレートからクリームベージュまでの茶系で統一されている。何から何までつややかで、装飾も美しく、最高に贅沢で、そしてどうも……生活感がない。そう、その言葉がぴったりだ。ホテルの部屋のように人のあたたかさがなかった。

ドナヒューがいたのはキッチンで、そこもやはり機能性重視で生活感がなかった。ステンレススティールと冷たい青色が部屋の大部分を占めていたが、リーサがルーバー扉からなかにはいろうとしたときに、ふり向いてこっちを見たドナヒューの目は、それ以上に冷たかった。一瞬、警戒した顔をして、撃鉄を起こしたピストルのように攻撃の構えを取った。相手がリーサだとわかると、意識して緊張をといた。ここまでの警戒心が身に染みつくとは、これまでにどんな経験をして、どれだけ長いこと危険ととなりあわせの暮らしをしてきたのだろう？　リーサはつかの間、同情心を覚えた。「驚かすつもりはなかったの。話を終えてしまったほうがいいと思って」

「来るとは予想してなかった」彼は向こう側にあるカウンターを指差した。「かけてくれ。具だくさんのサラダと、ベーコン入りの野菜サンドをつくった。コーヒーとミルク、どっちがいいか？」

「コーヒーで」リーサは少し迷ったが、紺のクッションが張られたスツールのほうへ歩いていった。強引な物腰も冷静な態度もお呼びではなかった。リーサは戦う姿勢を貫くつもりだったが、客をもてなすようなドナヒューの気安い親しげな態度を前にしては、そんな対応はできない。「こんなことをしてもらう必要ないわ。ホテルに帰してくれれば、食事づくりなんて面倒な仕事はしなくていいのに」

「べつに面倒じゃない」彼は部屋をまたいでやってきて、木のサラダボウルをリーサの前においた。「買い置きがあるのはイタリアンドレッシングだけだ。それでかまわないか？」

「ええ、でも……」

ドナヒューは聞いていなかった。冷蔵庫へいってドレッシングの瓶とクリームの容器を取りだした。「いつもコーヒーは少し濃いめに淹れるんだ。大丈夫だといいが」

「大丈夫です」リーサはいらだちをほとんど隠しもせずに、カウンターにおいたふたつのカップに彼がコーヒーをそそぐのを目で追った。「あまりお腹はすいていないわ。わたしは話がしたくて――」

「食え。話はそのあとだ」彼はかすかに笑った。「あとで体力がいるぞ」

リーサは一瞬反抗的に相手をにらんでから、コーヒーに手を伸ばした。ひと口飲んで、むせそうになった。「少し濃いめですって？　いったい何を淹れたの？　タール？」

ドナヒューは顔をしかめ、自分でも味見をすると、すぐに大げさな表情をつくった。「悪かった。ひと晩じゅう起きてるために、強くして飲んでたんだ。つい癖で今度も濃くしてしまったらしい」

「ひと晩じゅう眠っていないの？」リーサは驚いて言った。

「四十八時間と言ったほうが近いな。ロサンゼルスからの飛行機で転寝（うたたね）したのをのぞけばね」リーサのカップをシンクへ持っていって中身を流し、同様にカウンターのコーヒーメーカーの中身もあけた。「新しく淹れなおそう」

「なぜ？」

彼は肩ごしにふり返った。「何が？」

「どうして眠らない必要があったの？　わたしが逃げると心配していたんじゃないでしょう。死人同然になっていたんだから」

「きみに約束したからだ」ドナヒューは率直に言った。「不安がっていた……」彼は口ごもった。「ジョンにヴィラに連れてこられたあと、ひとりきりにされることを。それで、わたしはどこにもいかないと約束した」

急にあたたかいものがこみあげてきたが、リーサはあわてて抑えこんだ。「あなたみたいな職にある人にしては、ずいぶん情け深いこと」目の前におかれた皿を見た。「わたしがくたばって、殺人罪に問われるのが怖かっただけじゃないの？」

ドナヒューは顔をしかめた。「本当のことだ。リーサ、わたしは嘘はつかない。わたしが何かについて話をしたら、それはつねにまぎれもない真実だと思っていい。たしかに、きみの身を心配したのは事実だ。医者は、寝ているうちに薬の過剰投与の影響が消えると請け合ってくれたがね。きみも協力的に、その医者の見立てどおりの反応を示してくれればいいものを。それがまずは見立てよりもずっと早くに目を覚ました。と思ったら、またころっといって、おとぎ話の人物みたいに延々眠りつづけた。きみが医者連中の予想より断固長く眠ろうと決めこんだときには、こっちは人生で一番不安になったよ。だが怖くなったのは、自分のためじゃなく、きみの身を思ってだ」コーヒーメーカーの濃さのつまみを通常のレベルにもどし、リーサのほうを向いた。「ゆうべ、アレックスに言われたよ。おまえもとうとう自分で対処できない難局に直面したようだってね。そのときは否定した。だが、今日聞かれたら、否定しないね」

リーサは目をそらしてサンドイッチにかじりついた。「そんなに易々と人を誘拐できる男は、あまり多くないと思うけど」

「誘拐は問題じゃない。どう対処していいか困ってるのは、砂浜でわれわれふたりのあいだに起こったことについてだ。言わんとすることは、きみもわかると思うが」

リーサはふと目をあげ、と同時に激しく動揺した。ドナヒューはあのときとおなじ、けぶった熱い眼差しをしている。みぞおちのあたりに、じんわりととけるような気だるい感覚がひろがった。目をそらすべきだとわかっていても、世界がふたりしか存在できないほどに小さく縮んだようで、視線をよそへ向けることができなかった。リーサは無力のうちに部屋の向こうにいるドナヒューを見つめつづけた。

ついに目をそらしたのは、彼のほうだった。「食が進まないな」うなるように言い、背を向けてリーサに新しいコーヒーをついだ。「食べ終わるまで、会話はおあずけだ」

最後の数秒は実際に会話をしていたわけではなかったが、ふたりのあいだの通信回路の感度は良好だった。あまりに良好すぎた。リーサはその交信の本質と向き合うのを避けるために、すぐにその口実にとびついた。「わかったわ」サンドイッチをかじった。「じゃあ、あとで」

喉がしまって、飲みこむことさえ難しかった。なんとかサンドイッチを食べ終えて、サラダに少し手をつけた。だが、ろくにあじわうことができなかった。ドナヒューが戸棚にのんびりもたれて、細めた目でずっとこっちを見ているのだ。リーサは皿を前へ押した。「もういらないわ」

「そうか」ドナヒューはまっすぐに立った。「コーヒーは書斎に持っていけばいい。さあ、いこう」部屋の向こうからやってきて、リーサをスツールから立たせた。手で腰をつかまれて、リーサはどきりとした。思わず息を吸いこみ、気づかれていないことを必死に祈りつつ、目をあげた。

ドナヒューは真剣な顔でうなずいた。「わたしもおなじだ。つい過剰に反応してしまうんだろう？」彼は手をはなして、リーサのコーヒー茶碗を持った。「しばらくは、おたがいふれないようにしたほうがよさそうだ。書斎は廊下をいった左側にある」

「わかったわ」リーサは彼の視線を避けて、先に立ってそそくさと廊下を歩いた。早くも自信がなくなりかけていた。書斎にはいると、大きなマホガニーの机の横におかれたひじ掛け椅子を選び、この空間とおなじように事務的に見えるように意識してすわった。けれどもそうした私情を入れない雰囲気も、リーサのコーヒーを手にしたドナヒューがはいってきたとたんに消え去った。彼はリーサの足もとの絨毯に腰をおろして机にもたれ、膝にゆったり手をまわして組んだ。

ドナヒューはリーサを見た。「きみとベッドにいきたい」そっと言った。

リーサはコーヒーを落としそうになった。「わたしがしたかったのは、そんな話じゃないわ」

「わたしはその話題にしか興味がないが、きみの一番の関心事にもふれておこう。ボールドウィンが姿をあらわすまで、きみを解放することはできない」懐柔するように笑った。「この話は以上だ。さあ、ベッドにいくことについて話をしよう」

　リーサはいらいらして深く息を吸った。「ドナヒュー、わたしたちが男と女としてなんらかのものを感じているのは否定しな――」

「クランシーだ」彼は訂正した。目はしっかりとリーサの顔を見つめていた。「きみに名前を呼んでほしい」声を落としてささやいた。「言ってくれ、リーサ」

　もう二度ときわどい親密なことにはなりたくない。しかしリーサは、気づくと相手の言葉をくり返していた。「クランシー」

　おかげで、彼がまれにしか見せない笑顔が返ってきた。「いいもんだな。ありがとう、かわいい人（アクーシュラ）」かすかなアイルランド訛りがこれまでよりはっきりとあらわれた。楽屋にいるときに一瞬垣間（かいま）見えたゲール人的な魅力も。

　リーサは手に持っているカップに目を落とした。「そんなに簡単に話を終わらせないわ。あなたは法を無視したとんでもない行動に出て――」

　クランシーは急に半立ちになって、リーサの椅子の横に来た。「きみはわかってない」彼はリーサの手からカップを取って床におくと、大きなあたたかい手でリーサの両手をまとめてつつみこんだ。「そのことはもう重要じゃないんだ。そもそもきみを餌にしてボールドウィンをここにおびき寄せる必要がなかったとしても、いずれにしてもわれわれはあの男をどうにかしないといけない。なぜなら、第一に、あいつのせいできみが悲惨な思いをしている。第二に、きみの人生の一部だったボールドウィンを、わたしは本気になって消し去る必要がある」

リーサはショックで目を丸くした。「消し去る？　つまり……」

クランシーは首をふった。「それは望むところだが、今となってはそう単純にはいかない。わたしが都合よく最初の夫を排除したりすれば、それがわれわれの今後の人生にずっと暗い影を落とすことになる」

「最初の夫」リーサはぼんやりくり返した。

クランシーは微笑んだ。「最初の夫だ。わたしがつぎの、そして最後の夫になる。わたしたちは結婚するんだ」

「勝手なことを言わないで。まともじゃないわ」

「まったく同感だよ」

「おたがいのことをろくに知りもしないのに」

「たしかにそれは障害のひとつだが、この状況なら簡単に克服できる」

「冗談を言ってるんでしょう」リーサは血の気の引いた顔をして目を大きく見ひらいた。

クランシーは首をふった。「もしこれが冗談なら、からかわれてるのはわたしのほうだ。

わたしはもう少年じゃない。いい年をした男が十代の若者みたいな盲目的な恋に落ちるなんていうのは、傍目から見れば少々滑稽だろうが、それが真実なんだ」彼はリーサの左手を唇に持っていって、手のひらの柔肌にあたたかいキスをした。じっとリーサの目を見つめながら、優しく言った。「きみに恋をしてしまったんだよ、リーサ・ランドン。激しくて情熱的で、ロマンチックな恋に落ちたんだ。しかも、不快な症状までおまけについてきた。やたらと嫉妬深くなって、独占欲がわいて、哀れなほど不安だ」頭をふった。「笑いたければ笑うがいい。滑稽きわまりないのは自分でもわかってる」

「笑いたいとは思わないわ」唇でふれられた手のひらが焼けつくように熱くなって、パニックがおそってきた。「だって、本気で言ってるんでしょう?」

「さっきも言ったが、わたしは嘘をつかない。もちろん本気だ」

リーサは唇を舐めた。「わたしは二度と結婚はしないわ。一生、しない」

「無理に迫ることはしないよ。きみがその考えになじむまで、ゆっくり待つつもりでいる」クランシーは静かに言った。「ただ、本音をあかしておいたほうがいいと思ったんだ。誤解されて、これ以上ややこしいことになっては困るからね」彼は驚くほどかわいらしい笑顔を見せた。「わたしの目的は、きみと結婚して一生愛することだ。これではっきりわかってもらえたか?」

リーサは首をふった。「あなたとは結婚しないわ、クランシー。百年待ってもらっても」まっすぐに彼の目を見た。「それに、あなたを愛してもいない」

「愛してくれてるとは、そもそも期待していないよ。ふたりの頭が同時にどうかなるなんて都合のいい話はないだろう」ふいに、あたたかく湿った舌が手のひらを愛撫した。「だがわたしを求めているのはたしかだ。こっちもそれが読み取れるくらいには経験を積んでいるよ。まずはそこを足がかりにしてがんばってみるつもりだ」

「だめよ！　そんなことは絶対に――」リーサは言葉を呑んだ。彼の歯が指先をそっと噛んでいる。心臓が大きく跳ね、鼓動が走りだした。「クランシー、やめて。わたしはそんな女じゃないの。誘われてすぐにベッドについていくようなことはしないわ」

「わかっているよ。全部調書に書いてある。ボールドウィンと離婚して以来、一度も男と付き合っていない。わたしは自分の苦悩の本質に気づいたあと、それを読んでとても慰められたよ」

「また調書」舌で指のつけ根を舐められ、リーサは話から頭がそれないように気を引き締めなくてはならなかった。「なんにしても、そんなふうに女のプライベートを詮索するのは下品だわ」

「アレックスに頼んでわたしの調書を送ってもらおう。まだどこかに保管してあるはずだ。

そうすれば、おあいこだろ」

彼のこみかみが脈打っているのが見え、ふいに手を伸ばして強い生命の力にふれたい衝動に駆られた。

「それでいいか?」

「何が?」クランシーはとてもあたたかくエネルギーに満ちていて、リーサは大きな身体が発散する熱と精力につつまれ、圧倒されかけた。

クランシーがにやりと笑った。「せっかく思いのたけを打ち明けているのに、ちゃんと耳を傾けてもらっていないようだな。ひどい話じゃないか。きみに夢中でどうにかなりそうだと、人生初の告白を女性にしているというのに」

「最初からどうかしてるの。ひと目惚れなんて小説の話よ。ひと目見て性的に惹かれるというのならわかるわ。でも、愛情を感じる……」リーサは首をふった。「あり得ないわ。あと何日かしたら、まともに取り合わなかったわたしに感謝しているはずよ」

「そんなにあり得ない話じゃないさ。この目で見てきた。いつも外側からのぞくだけだったがね。その現象が視界にあらわれたらそれと気づくくらいには、精通している」クランシーは指先でそっとリーサの唇にふれた。「ただ、自分がそれを経験するとは思ってもいなかった。わたしはただ歩みつづけ、仕事をし、人間関係の周辺になんとなく位置しているだけで、自分がだれかと深くかかわることは一生ないと思っていた。今回のことがわたしにとってどれほどの奇跡か、わかるかい？」

　胸がつまって痛んだ。「わたしは運命の相手じゃないわ」リーサはかすれた声で言った。「わたしはどんな男ともかかわりを持たないようにしているの。だれかべつの人を見つけて、クランシー」

「無理だ。まちがった相手かもしれないが、わたしにはきみしかいない」

「あなたを傷つけることになる」声が少し自棄(やけ)気味になった。「あきらめて。わたしのせいで他の人が苦しむのは嫌なの。それでなくても、この世のなかには苦しみがあふれてるわ」

「すべて承知のうえだ」クランシーの人差し指がリーサの下唇のカーブをなぞった。「きれいな唇だ。きみが笑うのを見るのが好きだ。世界がぱっと明るくなる。残念ながら、あまり頻繁には見られないが」

「クランシー、お願いだから、わたしの話を聞いて」

「聞いているよ」目と目が合った。「忠告には感謝する。だが、もう遅い。わたしにはほかに選ぶ道はない。やってみるしかないんだ」彼は弱々しく笑った。「警告しておくよ。目標を追い求めるときのわたしは、かなり手ごわい敵にもなるし、今回はルールも制限もなしだ。この戦いはなんとしても勝つ」

「勝手を言わないで！　これは勝ち負けの問題じゃないの」指でそっとふれられた下唇が脈打って、腫れるようだった。そこから身体じゅうにどくどくという脈動が伝わっていく。「はなして」

　クランシーは首をふった。「無理だ。そうしたくてもね。はじめたことは終わらせないわけにはいかない」

「何もはじまってなんかないわ。いい加減にそろそろ――」突然ウエストをつかまれて、彼のとなりに立たされた。「クランシー！」

　彼の青い瞳が躍っている。「だったら、もうはじまっていることを証明してやらないといけないな」大きな両手がそっとリーサの顔をつつんだ。「心配するな。おそうわけじゃない。自分の正しさを示したいだけだ」クランシーはゆっくり頭をさげ、あたたかな吐息がリーサの唇にかかった。彼はふれそうでふれないところにいて、リーサは自分の身体がわなわな震えだすのを感じた。クランシーは笑った。「本当はそれ以上のことがしたいが、まずは手はじめだ」クランシーの唇がものすごく優しくふれて、リーサの唇をあじわい、こすり、愛撫し、ぎりぎりのところまでリーサをじらした。唇どうしがうまく合わさるようクランシーが体勢を変え、幅広の胸がリーサの胸にこすれた。リーサがはっと息を吞むと、クランシーはごく一瞬の動きを止めてから、あらためてしっかりと唇を重ねた。「感度のいい胸だ」顔をあげてつぶやいた。「予想したとおりだ」上半身をくねらすように動かして、リーサの身体にすりつけてくる。息ができなかった。震えは今では一点に集まって、脚のあいだが痛いほどうずいている。胸が硬くふくらみ、バストのとがった先端がセーターの編地を押しあげているのがわかる。目を閉じ、ふらつかないようにクランシーの肩につかまった。「さっきビーチでこうしたかった」彼はかすれた声で言った。「その先のことまでね。サテンのパジャマを脱がせて、ただ、ながめたかった。乳首を指でつまんで、わたしのために勃起するのを見たかった」クランシーの手が顔から腰におりてきて、リーサをぐっと自分に引き寄せた。リーサの喉の奥からあえぐような声が出た。「舌と唇と歯を使いたかった」乳房に押しつけられた彼の胸から荒い鼓動が聞こえてきて、そのせいで身体の奥深くがとろけた。リーサはよろけ、支えてもらっていなければ膝からくずれてしまいそうだった。「身体のすべての部分を使って、きみにふれたいと思った。今もそうだ」

「お願い。こんなの変よ」ごく軽い前戯だというのに、早くもどうにかなりそうだった。こんなに感情を揺さぶられるのははじめてで、似た経験さえしたことがなかった。「クランシー、もうやめましょう」

「わかってる」クランシーは息を乱し、胸を苦しそうに上下させながら、リーサをぎゅっと抱きしめた。「歯止めがきかなくなってきた。今、やめるよ」

言うは易しだ。なおも押しつけられている胸の筋肉から欲情が波動のように伝わってきて、波となってリーサを呑みこんだ。相手の興奮はこれ以上ない強力な催淫剤だった。リーサは両手で彼の胸を押した。まちがいだった。手のひらの下から、熱い雷のような鼓動が伝わってくる。「さあ」リーサは乱暴に言って、目をあけてクランシーをじっと見つめた。「すぐにやめて！」

クランシーは震える息を吸って、リーサから手をどけ、うしろに身を引いた。「わかったよ」頬骨の上の肌が張りつめていた。唇が欲望でゆがみ、鼻の穴がわずかにひろがっている。飢えているように見える……。ああ、わたしもおなじような顔をしているのだろうか？　クランシーは見るからに苦心して微笑んだ。「とにかく、わたしの言ったことは証明されたと思う。ふたりとも、たがいを求めている」彼は息を一気に吐きだした。「とても強く！」

「ええ」リーサは震える手で目にかかった髪をはらった。「でも、だから何が変わるわけじゃない。わたしは欲望と愛を混同するつもりはないし、あなたを求めているからといって、喜んでベッドに誘われることもないわ。そんなことをしたら、あなたにつけこまれそうな気がしてならないの」

「賢いご婦人だ。きっとそうだろう」彼の目が光った。「だが、たがいの利益がぴったりいっしょなら、どっちがつけこんでいるのか、わからないさ」

〝ぴったりいっしょ〟というイメージがふいに頭にうかんで、身体がじんわり熱くなった。リーサはあわてて立ちあがった。「部屋にいったほうがいいわ。そろそろ、囚人と看守の役割にもどるべきでしょう」

クランシーの顔に一瞬傷ついたような表情が見えた気がしたが、つぎの瞬間には消えていた。見まちがいかもしれない。ドナヒューのような強靭な男が、そんな感情をおもてに出すはずがない。「わかった。そのほうが安心なら、そうしよう」

リーサは自棄気味の声で笑った。「無力な囚人としては、安心と言われてもかえって空恐ろしいわ」

「きみは無力じゃないだろう」クランシーが静かに言った。「無力はわたしだ。これほど自分が不甲斐ないのは、人生ではじめてだ」

リーサの顔から笑いが消えた。またしても、こんな気持ちにさせられる。胸の痛み、悲しさ、慰めたいという欲求、それにふたりを混乱の渦に巻きこむ性的葛藤。「無力だなんて感じてほしくないわ」言い方が乱暴になって、自分でも驚いた。「わたしのせいで、何かを感じてほしくない」

クランシーは何もこたえず、じっとこっちを見ていた。

リーサは両手をにぎりしめた。「罪悪感を覚えさせないで。わたしにどうにかできる問題じゃないんだから。わたしの生活に面倒を持ちこんでほしくないの。現状で満足しているわ」

「それは疑問だ。問題のひとつやふたつ、人の助けを借りて始末をつける余地がありそうに思えるが」クランシーは肩をすくめた。「まあ、きみが好むと好まざると、助けを得ることになる」

「クランシー、他人の人生にずかずかはいってきて支配するような真似はさせないわ。あなたの部下はおとなしく我慢するでしょうけど、わたしはちがうの」

「まあ、見てみよう。そろそろ部屋にもどって休んだほうがいい。わたしのせいで、感情の耐久レースのようなことをさせてしまったからね。すぐにベッドに就いて眠るんだ。考えたんだが、こんな手順はどうだろう。まずは結婚を前提とした正式な交際をはじめて、それからセックス、そして最終的に結婚にいたる」彼はにやりと笑った。「順番を変えたければいくらでも提案を聞くよ。わたしはいつでも言いなりだ」

リーサの口から不満といらだちに満ちた言葉にならない声がもれた。リーサは踵を返し、ドアのほうへ大股に歩いていった。

「リーサ」

立ち止まり、ドアノブに手を伸ばした。

「おたがいわかってるはずだ。われわれは結局は寝ることになる。さっきも、あのまま数分ほっておけば床の上で愛を交わすところだった」

ノブをにぎった手に力がはいった。

「ともかく言いたいのは、まずはわたしの存在にできるだけ慣れてもらうようにして、そのあとで——」クランシーはいったん言葉を切り、それからもどかしげな荒っぽい口調でふたたび話しだした。「つまりその、恋人になる前に友人になれるように努力したいということだ」

リーサは扉をあけた。「そのどちらにもなれないわ。わたしにとって、あなたはただの看守よ、クランシー」リーサは去り、ドアがしっかりと閉まった。

クランシーは短いが口汚い悪態をついた。明らかに言い方がまずかった。あんな無粋(ぶすい)な出方をされて、リーサがもっと強く拒絶しなかったのが不思議なくらいだ。本当に伝えたかったのは、優しく、楽しく、思いやりをもって接したいということだった。それが結局、ベッドに押し倒すのは勘弁してやるからありがたく思え、と言わんばかりの言い方になってしまった。アレックスのもとで仕事をして、多少の駆け引きの術も身に着けたと思っていたが、どうやらリーサをはじめて見た瞬間から、それがすっかり消えてしまったらしい。あれ以来、自信もきれいに失せて、はじめての女を前にした木偶(でく)の坊のアイルランド男になった気分だった。

キャビネットのほうへいって、強い酒をついだ。身体の疲れ具合からしてすぐにばたんといくだろうが、それも悪くない。少なくとも、自分が救いようのない大ばか野郎だという事実を忘れることができる。クランシーはブランデーを三口で飲み干し、もう一度ボトルに手を伸ばしたが、やめた。だめだ。今夜は酔っぱらいたくない。あすになれば、自分の不器用さが招いたダメージの修復を試みなければならず、二日酔いで頭をぼんやりさせている場合ではないのだ。

結婚を前提にした交際。時代遅れな発想だが、クランシーにはなんとも魅力的だった。リーサのような女性にはそうした期間をおくこともちろんだが、細心の優しさでつつみこみ、大事に接することが必要だ。彼女にはたくましさや勇気はあるが、どこまでもか弱くて繊細だという印象を受ける。笑っていないと憂いのある雰囲気がして、なんとしても守ってやりたいという気持ちにさせられるのだ。苦しみ。リーサは静かな外見の下に、大きな苦しみを隠している。気を張っておもてに出さないようにしているが、ときどき、ふれられそうなほどにそれがわかる。その苦しみを半分分けてほしい。彼女が感じているすべてを、彼女のすべてを分かち合いたい。

キャビネットに背を向け、ドアのほうへ歩いた。愛情にくわえて彼女の信頼を得るにいたるまでには、最後まで苦戦を強いられるだろう。その戦いに備えるために、少しでも眠っておいたほうがいい。あした、彼女を連れだしてヨットに乗るのもいいだろう。ヴィラでひとつ屋根の下にいる親密な空気から逃れられるし、リーサの気持ちをほぐせるかもしれない。少なくとも試してみることはできる。現時点では、成功につながりそうなことならどんなこともする覚悟だった。

4

顔に降りそそぐ陽射しはとてもあたたかく、頬をなでるそよ風は、潮と、もはやリーサにとってクランシーとは切りはなせない、ムスクとミントの香りをふくんでいた。何かがふんわり膝にのり、しぶしぶ目をひらくと、クランシーが着ていた青いコットンシャツがリーサの投げだした脚にかけられていた。

「おおっておけ」クランシーはぶっきらぼうに言った。「肌が白いから、長時間、無防備に強い陽射しにあてないほうがいい。そんなショートパンツじゃなく、長いズボンをはいてくるべきだった。海にはあまりいかないのか?」

「機会があればいくわ。冬のニューヨークじゃ、あまり日光浴をするチャンスはないから」

クランシーのほうは陽をあびても心配はなさそうだ、とリーサは何気なく目をやって思った。大きな肩と贅肉のない広い胸は、顔とおなじように濃い色に日焼けしていて、午後の陽射しの下で筋肉が小刻みに揺れている。白いものがわずかにまじる胸毛が三角形に胸をおおっていて、下へいくにつれて細い一本のすじとなって、腰ばきのジーンズの奥へ消えた。あのふわふわした毛にふれたら、どんなさわり心地がするだろう。ふとそんなことを考えると、急に手がむずむずしてきた。リーサはあわてて目を閉じて、彼の姿を締めだした。「セディカーンはすごく熱いの？」

「ああ、国のほとんどが砂漠だ。夏の山はとても気持ちいいがね」リーサは視線が自分にそそがれているのを感じ、落ち着かなくなってキャンバスの椅子の上で身体を動かした。短い沈黙があり、やがてクランシーが言った。「今日は来てくれてよかったよ。昨日、わたしがあんな恩に着せるような言い方をしたから、きみは部屋に籠城(ろうじょう)して出てこないんじゃないかと心配した」

「こんなふうに島のそばでヨット遊びをすると聞いて、だれが断われる？」リーサは軽く返した。「とくに、わたしみたいに太陽に飢えていればね。それに、何もできない哀れな囚人としては、あまり選択の余地はなかったわ。わたしを肩に担(かつ)いで、無理やり乗せることだってできたでしょうし」

「そんなことはしないよ」

どこか傷ついたような声にも聞こえたが、リーサの気のせいだろうか？　クランシーのような頑丈な男を傷つける力が、自分にあるとは思えなかった。けれども彼は大胆なほど正直な人で、自分の男らしさに絶対の自信があるために、弱さをさらけだすことを恐れない。昨日、そのことがわかって、リーサは激しく心をかき乱された。

今日の彼は、リーサがどんな不安も抱かないように、とても慎重に気を配ってくれている。フレンドリーで愛想がよく、自分を殺しているようにさえ見えた。こうしてともにヨットですごした数時間は、さんさんと降りそそぐ太陽とおなじくらい楽しく輝いていた。ふいに、無神経に傷つけてしまったことが悔やまれて、彼を慰めたい衝動に駆られた。「冗談よ。無理強いされることはないとわかってたわ」

「それはよかった」ふたたび長く安らかな静寂がつづいた。「ひとつ質問してもいいか?」

リーサは警戒して身構えた。「たぶん」

「どうしてあの男と結婚した?」

「マーティンの写真は見たでしょう。すごくハンサムで……実際にとても美男子よ」

「だが、なぜだ? きみは人の外見しか見ない女じゃないだろう」

「当時はそうだったの。二十六歳の女にしては情けないほどうぶだったみたい。わたしは一人っ子で、現実の世界から必要以上に守られて、両親に大事に育てられた。一生このまま何も考えずに平和に暮らしていける、どんなものも昔ながらの銀の皿に載って、お膳立てされてわたしの前に出てくるって信じて大きくなった。歌のキャリアだって、仕事というよりはお遊びだった」

「それでボールドウィンは？」クランシーがうながした。

「そんなふうにお姫さま気質が身についたのはいいけれど、二十六歳まで待っても馬にまたがった王子さまはわたしの人生にあらわれてくれなかった。それで、自分からさがしに出たの」リーサはほろ苦い微笑をうかべた。「マーティンはみごとにぴったりな人物に見えた。金髪に碧い眼の美男子で、カリスマ性があって、学もあって、お姫さまを象牙の塔に閉じ込めておきたがった。天が用意してくれた結婚だと思ったわ」

「あいつが不法な活動をしていたことは知らなかったのか？」

「お姫さまは特別な機会以外、わざわざ塔の窓から外界を見ないから。そうでしょう？　彼は輸出入の仕事をしているんだと思っていたわ」

「ある意味でまちがいじゃないいな」クランシーはそっけなく言った。

「マーティンが犯罪者だと知ったのは、離婚した直後よ。最後の二年間はなんとか結婚をつづけようと努力したけれど、結局無理だとあきらめたわ。わたしは父と母を飛行機事故で亡くして、この世には苦しみや責任といったものが存在するんだって、突然知ったの。お姫さまだって、いつかは大人にならないといけないのよ。わたしは妻や母であるのと同時に、ひとりの人間になりたいと思った。マーティンにはそれが理解できなくて、塔の門をしっかり閉じておくことに力をそそいだ。わたしが箱入り娘の暮らしをつづけるには大人になりすぎたことを、彼はどうしても受け入れたくなかったの。いまだにそう。わたしが自分のもとに帰ってきさえすれば、また、すべてが元どおりになると思いこもうとしてるわ」リーサの声はほんのささやき声になった。「元どおりになんてならないのに。もう、二度と。だって――」そのつづきを呑みこんで、わなわなと深呼吸をした。リーサは目をあけたが、瞳が光っているのをクランシーに見られないように、じっと水平線を見すえた。「あなたに軟禁されるのを嫌がった理由がわかるでしょう、クランシー。わたしはやっとある監獄から脱出してきたところなのよ」

「わたしは断固としてボールドウィンとはちがう。きみを自分のそばにかこいたい気持ちがまったくないとは言わないが、実際にそうしないだけの分別はある」少ししてから、哀れっぽくつけくわえた。「そう願ってる」

彼女は子どもの話にはふれなかった。クランシーはリーサの顔をつくづく観察した。口もとは引きつり、悲しく淋しげな雰囲気が彼女をおおっている。抱きしめて、腕でつつみこみたいと思ったが、リーサを支えているものはあまりに脆く、抱けばそれが粉々にくずれてしまいそうだった。そんな危険は冒せない。今、彼女の弱い部分を無理におもてに出させれば、それが理由でこの先、逆恨みされてしまうかもしれない。クランシーはデッキチェアのひじ掛けにおいた手を拳ににぎりしめ、それから意識して指一本ずつ力を抜いていった。「そろそろ船長に言って、埠頭に引き返そう。鼻の頭がすっかりピンク色になってるぞ。いっしょになかにいこう。ただちに日のあたらないところに移らないと、まずいことになる」

リーサは残念そうにため息をつき、脚にかけたシャツを取ってクランシーに返した。「あなたの言うとおりだけど、ここを動きたくないわ。わたし、陽をあびるのが大好きなの」

「わたしは陽をあびるきみを見ているのが好きだ」クランシーはのんびり言った。「これはわたしのお気に入りのアウトドアスポーツになりそうだな。インドアスポーツについては……」急に眉をひそめた。「脚も赤くなってるじゃないか。シャツは役に立たなかった」

「あなたが親切にも脚をおおってくれる前に、きっともう焼けてたのね」

クランシーはなおも不機嫌な目でリーサの脚を見ていた。「あまり自分に気を使わないいんだな。きみは痩せすぎだ」

「鶏の脚ね」リーサは明るく同意した。

「そんなことはない」

その言い方がどこか妙で、リーサはふと彼の顔を見やった。今では熱い眼差しをして、唇はかすかな色気をただよわせている。リーサの心臓が喉もとまで跳ねあがり、太陽とは無関係な熱が身体を走り抜けた。

「かわいらしい脚だ」大きな手が伸びてきて、おもむろに脚の上のほうをさわった。リーサは電流にふれたようにびくっとして、軽いめまいにおそわれた。「きれいに均整がとれていて、ちゃんと筋肉もついている」愛撫するように人差し指が内もものほうへ移った。「すべすべだ。ああ、こんなにもやわらかくて、すべすべだ」

彼からはなれたほうがいい。あたりさわりのないことを言って、手をはらったほうがいい。わかっているのに、どうしてわたしは動かないのだろう？　なぜ、ただじっとすわって、身体が気だるく火照り、真ん中の女の部分に緊張がつのるのを放っておくのだろう？　リーサは催眠術にかかったかのごとく、模様を描くように肌の上をゆっくり動く指を、目で追っていた。

「少し脚をひらいて」

リーサは何も考えずにその言葉にしたがった。頭を働かせるのは無理で、ただ感じることしかできない気がした。クランシーはとても大きな強い手をしていて、リーサの白い手とくらべてずいぶん黒く日焼けしている。身体にひろがる興奮の源である指は、優雅でも細やかでもなかった。手はクランシーの他の部分とおなじで、ぶっきらぼうで強かった。夢追い人の手ではなく、行動する人の手。

「さわり心地がいい」彼はそう言って、敏感になっている肌を羽根のようにそっとなでた。

ショートパンツの裾から指がなかにすべりこんで、太ももの上のほうへまわってくると、リーサの口からあえぎがもれた。その小さな音を聞きつけて指が止まり、クランシーは目をあげてリーサを見た。「わたしはきみを落とそうとしている。そうだな?」

クランシーは深々と息を吸って身を起こし、名残り惜しそうな指先を最後に、とうとう肌から手をはなした。「悪かった。今日は完璧な紳士でいる予定だったんだが。最初からうまくいくはずがなかったんだ。きみがほしくてしかたがない」クランシーはわずかに欲求不満そうにリーサの脚を横目で見たが、その脚は今もしどけなく投げだされたままだった。「だが、きみもそんなに従順にならなくていいんだぞ。そっちがなんでも言いなりにしてたら、ふれずにいられるか?」

リーサはショックで目を見ひらいて、あわてて脚を閉じた。

「くそ、まただ」クランシーは極度の自己嫌悪の感情とともに、そう吐き捨てて、立ちあがった。「頼むからそんな傷ついた顔をしないでくれ。きみが悪いんじゃない。悪いのはこっちだ。巨大な欲望のかたまりと化して、ばかみたいに先走ってる。さあ、陽のあたらないところにはいろう」クランシーは手を伸ばしてリーサを立ちあがらせた。

リーサはとなりを歩きながら、戸惑いの目でクランシーを見た。胸の痛みにつづいて欲望、そして罪悪感——短い期間につぎつぎに感情をかきたてられた。そして信じられないことに、それらのもととなった男に、今度は同情を感じているのだ。「わたしもいけなかった」かすれ声で言った。「たぶん、不意をつかれたのね。わたしはふだんはこんな――」その先は言わなかった。どの男に対しても、身体があそこまで激しく反応した経験がないことを告げる必要はない。どんなことであれ、クランシーを励ますような発言はひかえなければ。「もう忘れましょう。すべてはこの美しすぎる熱帯の太陽のせいだということにして」

「忘れたくはないな。ちゃんと憶えておくよ」クランシーは顔に厳しい決意の表情をうかべ、正面をじっと見すえた。「なぜなら、いつかは不意をつく必要がなくなるからだ。そのうちきみは、みずから喜んでわたしを迎えてくれるようになる。太陽をあびて裸でデッキに寝そべり、わたしに腕をさしのべてくれるんだ」

リーサは無理に笑った。「水晶玉のなかにその光景が見えているの?」

「水晶じゃなく頭のなかだよ。わたしは自分の想像を現実に変えるのが、とても得意でね。要は目標をしっかり頭に描いて、あきらめなければいいだけの話だ」

クランシーはシャツに袖をとおしたが、ボタンはあけたままだった。できれば留めてほしかった。シャツからのぞくたくましい筋肉と胸毛は、なおもリーサの脈拍を乱す力があった。

「わたしには、あきらめる気はまったくない」クランシーは低い声で言いきった。

「わたしだって。つまりわたしたちは、にっちもさっちもいかない状況にあるわけね」リーサは笑いをふくんだ目で、クランシーを見た。「それに、あなたが考えてくれたシナリオを演じられるほど、わたしは露出狂じゃないわ。このヨットにはクルーが大勢いるでしょう?」

「大勢といっても十二人だ。だが、頭にあったのはこの船じゃない。この船は〈セディカーン石油〉が所有しているうちのひとつだ。マラセフの港にはわたし自身の二十フィートの船がおいてあって、そっちはクルーが二人いれば操縦できる。わたしがそんな淫らな覗き見を許すはずはないだろう。独占欲がとんでもなく強くて、きみをクルーの楽しみに供するようなことはしないよ」

リーサは顔をそらし、もっと安全で、たがいの存在を意識しなくてすむ話題を必死にさがした。けれども、無理だ。たがいを意識させないものなどありそうになかった。「所有しているうちのひとつ、と言ったわね。セディカーンはこんな豪華なヨットをいくつも自由に使わせてくれるの?」

クランシーはうなずいた。「われわれは船やヘリコプターの大半を資産として取得している。ないものに関しては必要に応じてリースする。〈セディカーン石油〉が管理しているものは、当然わたしも自由に利用できる」

「当然」リーサはくり返した。クランシーは事実をあたりまえのように述べた。たぶん無制限に力を行使する生活が長くつづいていて、それに慣れきっているのだろう。「いつからセディカーンの保安部を仕切っているの？」

「実質的に大人になってからずっとだな」クランシーは顔をゆがめた。「もっとも最初は、アレックス・ベン＝ラーシドと、いとこのランスの家庭教師兼ボディガードをしていた。ふたりがまだ十代のころだ。当時セディカーンを治めていたカリムが、ちょうどわたしのような資質を持った人間を求めていたんだ」

「資質？」

「わたしはあちこち世界をまわって、テキサスの油田労働者からアジアのムエタイ格闘家まで、あらゆることを経験してきた。わたし自身、まだ子どもみたいなもんだったが、いわばどんな状況におかれても生きていくことができた。国境地帯の小競り合いが避けられないセディカーンのような産油国では、そうした資質が非常に高く買われるんだ」

「そうでしょうね」奔放（ほんぽう）でタフな少年が、大の男ににらみを利かすような責任ある役職についている姿というのは、なかなか想像がつきにくい。クランシーに威厳と貫禄（かんろく）が備わっているのは、そういうわけだったのだ。「じゃあ、今ではセディカーンが故郷なのね？」

「まあ、どの場所よりも故郷といえるな。こういう仕事のせいで、一カ所に根をおろすことは許されなかった。セディカーンは経済戦略に重点をおいた国で、それはすなわち、一国で孤立していることは不可能だということだ。これまでは一年の半分が出張だった」少しして言い添えた。「だからといって、この先もそれをつづけないといけないわけじゃない。世界の重要な各拠点に頼れる人材を配置してある。今後は任せることを学んでもいいな」

リーサは海のほうを見た。「長年つづけてきたんだから、すぐに前の暮らしが懐かしくなるわ。そんなに急いで生活を変えることはないでしょう」

「淋しくはなるだろうが、セディカーンには大好きな仲間たちがいる。また連中といっしょにゆっくりできるのは嬉しいことだ」

「アレックスのこと？」

「アレックスとサブリナ、ランスとハニー、デイヴィッドとビリー、カリムに……」クランシーはうっすら微笑んだ。「他にも大勢いる。本当にいいやつらでね。きみにも会って、みんなと知り合いになってもらいたいよ」

クランシーの顔にはあたたかさと愛情があふれていて、リーサもふと会ってみたいという気にさせられた。悲しく首をふった。「あなたの言うとおりすばらしい人たちなんでしょうけど、わたしが会うことはないでしょうね。ニューヨークからセディカーンへは、遠い道のりよ」

「そうでもないさ。ジェット機を手配すれば六時間でいける。いってみるか？」

リーサは笑った。「そんなに簡単なことなの？」

「そうだよ」クランシーが腕に手をかけてリーサを止めた。あたたかい情熱的な眼差しをしていた。「きみを家に連れて帰りたい。たぶん古くさい人間なんだろう。自分のまわりの人たちに紹介したいんだ。来てくれるか？」

リーサは困った顔で首をふった。「だめよ。うまくいくはずないわ、クランシー」

「うまくいくさ」あまりに熱のこもった言い方だったので、リーサは驚いた。彼は激しい感情を抑えようとするように、一瞬黙っていた。「わたしがとても金持ちだと聞いたら、どうだ？　アレックスは大切な仲間に対してはやたら太っ腹でね。これまでは金などどうでもいいと思っていたが、考えてみれば、金があればきみにいろんなことをしてやれる。象牙の塔がなんだ。望むなら城だってプレゼントするさ」

「わたしをお金で買うつもり？」

「きみを釣るためならどんなものでも餌にする。金、個人的な自由、名声」クランシーは無謀そうな笑顔をうかべた。「第二のストライサンドになりたいか？　それだって、なんとかするよ」

リーサは首をふった。「言ったでしょう。わたしはもう大人になったから、人がお膳立てしてくれるのを期待したりしないって」

腕をにぎっているクランシーの手に力がはいった。「人生には何かしら、これを手に入れるためなら取り引きに応じてもいいってものがあるだろう。なんとかそれをさぐりだしてやるぞ、リーサ」

リーサは目を丸くした。「そうまでしてわたしを手に入れたいの？」

「ちがうよ。本当はわたしとおなじくらい、恋に落ちて夢中になってほしい。だが手に入れられるものは手に入れる」

「わたしを解放したほうが身のためよ、クランシー・ドナヒュー」リーサはやんわり言った。「自分でもひょっとしてあなたに好意を持ちはじめているんじゃないかと恐れているけど、愛することは絶対にないから」

クランシーはためていた息を一気に吐きだした。「それでも前進は前進だな。少なくとも、もう八つ裂きにしてやろうとは考えてないんだから」にやりと笑った。「なぜ今になってあきらめろというんだ？　簡単にいくとは最初から期待していない。あと数日ももらえれば、無愛想な保安部の男たちにも魅力的な面があるとわかってもらえるだろうよ」

まさにそれが怖いのだ。すでにクランシーのこととなると、身体の反応と感情の区別がつかなくなってきている。リーサは片方の眉をあげた。「わたしを魅力でまいらせようというつもり？」

彼の笑顔が消えた。「そうじゃない。ただ、愛するだけだ」静かに言った。「そして愛されるように努力する」

どうしようもなく胸が締めつけられ、目をあげてクランシーの顔を見た。そんなことを言う男に、どう応えたらいいのだろう？　しかも、一言一句本気で言っているらしい相手に対して？

クランシーは手をあげて、羽根のようにそっとリーサの頬をなでた。「気にしないでいい。そのうちにこの状況にも慣れてくるさ。わたしは慣れたよ」手を腕においてほんの数メートル先の甲板室のほうへリーサをうながした。「さあ、ヴィラに帰って太陽から逃れよう。一日、二日は、家でできることを見つけないとな。きっと、日焼けしてひどいことになってるぞ」クランシーはふいに意地悪な笑いを見せ、黒い顔のなかで白い歯が光った。「チェッカーは得意か？」

クランシー・ドナヒューはチェッカーの達人だった。

リーサは彼の意地悪な笑いの理由を、すぐに知ることになった。警告された日焼けの症状は、ヴィラに帰ってシャワーをあびるころにはあらわれてきた。痛いほどではないがかなり焼けていて、当面は不必要に陽にあたるのは避けたいと思った。さらにその後の二日間で、彼がチェッカーとチェスだけでなく、ポーカーやジンラミーの達人であることもわかった。じっと集中して、少年のように夢中になるので、たとえリーサが負けても――それはがっかりするほど頻繁に起こった――クランシーと勝負するのは楽しかった。

この残酷で風変わりな罰を受けつづけて二日目をむかえた夜、リーサは椅子を引きながら悲しげに首をふった。「またしても完敗。どこでこんなに腕を磨いたの？　もしかしたらあなたに嘘をつかれているんじゃないかという気がしてきたわ。仕事を持っていたら、ここまでの技を身につける時間はなかったはずよ」

「チェッカーは十八のとき、東南アジアにいって軍事行動に参加したおりに学んだ。カリムはチェスの大ファンで、ずっと対戦相手をほしがっていた。フィリップ・エル＝カバルはわたしをマージャンの世界に引きこんだ。ポーカーはいつも――」

リーサは手をあげてクランシーを制した。「聞いたわたしが悪かったわ。得意でないゲームはないの？」

彼は考えているように首をかしげた。「モノポリだろうか。サブリナの息子相手に、一、二度遊んだだけだからね。街に買いにいかせるか？」

「冗談言ってるんでしょう？　だってあれはビジネスのゲームで、あなたは若いときからそういうことを実地でやってきたくせに。おなじ理由で探偵ゲームも却下ね」リーサは笑顔で立ちあがった。「コーヒーをわかしながら、三目並べについて考えてみるわ。少なくともあれならひとり勝ちということはないから」

クランシーは急に不安そうに顔をしかめた。「勝ちを譲ったほうがよかったか？　そう望んでいるとは思わなかった」

リーサは首をふった。「いいの。平気よ。ただ、毎回ここまでこてんぱんにやられるとね」背を向けてキッチンのほうへ歩きだした。「今度日焼けをしたら、読書をして知性を磨くことにするわ」

クランシーは席を立ってリーサを追ってキッチンに来た。「次回はわたしがべつのものできみを楽しませる番だろう。ルールはたったひとつで、全員が勝者になるゲームがあるぞ」

リーサは警戒して肩ごしにふり返った。「なんのゲーム？」

「快楽だ」彼は優しく言った。「やりたいか？」

リーサは顔をそらした。また不意をつかれた。クランシーは何時間でも完璧な話相手でいられる。からかいをまじえた気楽な雰囲気のなか、まるで年上の身内とすごしているようでさえあった。それがまったく思いがけないときに、ああいう台詞を言ってきて、そのたびにリーサははっとして性的なものを意識させられる——まるで、手で愛撫されたように。そんな比喩表現を考えなければよかった。この二日間、リーサはカードテーブルに差し向かいにすわり、彼の手がチェスの駒を動かしたり、自分の番を待ちながら指で無造作にテーブルをたたいたりするのを見ていた。あの大きくてたくみな手は以前、リーサの太ももの上を動き、熱い興奮を……。あわてて記憶を封じた。「あなたはきっとズルをするわ」リーサはそう言いながら部屋を横ぎって、コーヒーのキャニスターをあけた。

「ズルするとしても、きみが有利になるようにやるよ」クランシーは朝食用カウンターのスツールに腰かけた。「そのゲームなら、勝ちを譲られて異存はないだろう？」

コーヒーメーカーに粉を入れようとして、その手が震えた。ふたりのあいだの男女の緊張感が急にまた飽和した。ふだんは意識下になんとなく感じているだけだが、クランシーはこぞというときに、それを露骨にあらわにして見せつけてくるのだ。あらわ。見せつける。ああ、想像を助長するような言葉は避けなくては。やわらかな胸毛がおおう、クランシーのあらわになった胸板。硬くしまったお腹と、力強い太もも。

「粉の入れすぎだ」クランシーがそっと言った。「今夜は眠らないつもりで、カフェインをとろうとしているならべつだが」

「ちょっと、ぼうっとしていたの」リーサは唇を舐めた。ぼうっとどころか、ばかみたいに妄想をしていた。「本当はとくにコーヒーを飲みたいわけじゃないの。淹れるのをやめてもいい？」

「ああ、かまわないよ」クランシーは腰をあげた。「そわそわしているな。どうかしたか？」

「囚人の病いよ。この家から出たいの」リーサはふり返って真正面からクランシーを見た。「パラダイス島から出たいの。マーティンはあらわれなかった。きっと世界の裏側にでもいるのよ。もうわたしを逃がして、クランシー」

彼は首をふった。「時間の問題だよ」ゆっくり歩いて近づいてきた。「家から出たいなら、あしたの午後にストローマーケットに連れていってあげよう。観光客相手の土産ものの市場らしいが、気分転換にはなる」

「ガルブレイスや他の子分をぞろぞろ引き連れて？」

「じゃまにはならない。連中が正しく仕事をしていれば、姿さえ見えないはずだ」

「でも、そばにいるにはちがいないわ」リーサはコーヒーをキャニスターにもどした。「マーケットにいくかわりにニューヨーク行きの飛行機に乗せてくれと頼んでも、あなたは絶対に折れない？」

クランシーはうなずいた。「折れないね。いまだかつてないくらい絶対に折れない」彼はとなりに来て、身体の熱が感じられるほど接近して立っていた。「この数日間は、そんなに嫌だったのか？　それなりに楽しんでいると思ってたが」唇があがって、ゆがんだ笑いがうかんだ。「たいていの女にとって、わたしは無人島でふたりきりになりたい男じゃないだろうが、きみはよく適応しているように見えていた」

　自分が女性にとって魅力的でないと、本気で考えているのだろうか？　たぶん、そうなのだろう。自惚(うぬぼ)れがなさすぎる人であることは、すでに気づいたとおりだ。「嫌というほどじゃなかった」リーサは優しく言った。あらためてふり返ってみると、この数日は刺激的で楽しくて、やる気をかきたてられたりもした。クランシーは頭の回転の速い鋭い知性の持ち主であると同時に、ユーモアのセンスも抜群で、くだらないことでさえ楽しむ才能がある。生きることに貪欲(どんよく)で、そこにこれまでの人生で培(つちか)われた皮肉な姿勢が絶妙にまじっている。リーサは肉体的にも彼を求めていたが、そばにいてほしいと強く願うようにもなっていた。その事実に気づいたからこそ、今こうして急に短気を起こしたのかもしれない。このところクランシーとの距離が近くなりすぎているが、このままでは危険だ。今後はなるべく親しくしないほうがいい。「こんな状況におかれているんだから、気が休まらないのは当然でしょう。マーケットにいくのは悪くないと思うわ」

「気が休まらないのか？」クランシーが優しくたずねた。「わたしもだ。原因はおなじだろうか？」目を細くしてじっと見つめてきた。「もしそうなら、ストローマーケットへいくよりいい解決方法を知ってるぞ」クランシーの手が伸びて、リーサの顔をつつみこんだ。あたたかで、なんでもできる手。指の腹は少し硬くなっていて、リーサのなめらかな頬に引っかかった。強い手は、リーサにふれながらかすかに揺れている。

リーサが原因で昂っているのだ。そのことに気づいてリーサの興奮もつのった。またしても身体が震えている。クランシーに近づくといつもこうなるらしい。「安全な方法じゃないでしょう」

「きみは安全だ。わたしといっしょのときは、いつでも安全だ」クランシーは手をひろげて二本の親指でリーサの口の端をそっとなでた。「きみがそれを望むかぎり」左右の親指が、下唇の真ん中でゆっくりひとつになる。「安全を忘れてみるのもおもしろいかもしれないぞ。そんな経験はないのか?」かすかな力に押されてリーサの唇がひらいた。「指に脈拍を感じるよ。唇も胸におとらず敏感なんだな」

リーサは唾を呑みこんだ。浅い呼吸にあわせて乳房が上下する。クランシーのシャツの一番上のボタンがはずれていて、胸毛の影が見える。目が釘づけになって、なかなか視線をそらせなかった。彼にふれて指で胸毛を梳き、肩の力強いたくましい筋肉に手を這わせたい。クランシーの黒い頭がゆっくりおりてきた。「冒険も大事だ、リーサ」クランシーがうながした。「舌を出して」

クランシーは唇に唇を重ねたが、まったく力がはいっていなかった。待っているのだ。彼の唇は硬くあたたかで、吐息は清潔で甘かったが、リーサはそれでは物足りなかった。求められたものを差しだすと、クランシーは身を震わせた。リーサを口にふくみ、そっと、愛しそうに吸う。腰の真ん中に押しつけられ、それと同時に彼の身体が硬くなった。

リーサは夢中になって手を伸ばし、彼のシャツのボタンをまさぐった。クランシーは動きを止めた。が、すぐに唇を合わせたまま、リーサの手をどけて自分でシャツのボタンをはずし、リーサの手を自分の胸にたいらにあてた。リーサの喉の奥から半ばあえぐような、半ば満足したような音がもれた。これがしたかったのだ。押しつけられたやわらかな手のひらに、彼のざらざらした手ざわりを感じる。ゆっくりおそるおそる手を動かして、毛をもてあそび、ねじり、引っぱって、感触を堪能した。

手でふれる彼の身体は岩のように硬くて、胸とお腹の筋肉はこれ以上ないほど張りつめていた。口からは荒い吐息がもれ、顔をあげずにはいられないらしい。クランシーは身を震わせた。「そうやって手でふれられるのが好きだ」指をリーサの髪にからめた。「でもまだ足りない。口でもしてほしい」クランシーに引き寄せられて、今まで手でいじっていたやわらかな毛にそっと頬が押しつけられた。石鹸の清潔な香りと男のにおいにつつまれ、唇でふれると素肌はあたたかかった。リーサはそこに舌をあて、あじわった。

クランシーは殴られたように一瞬身をこわばらせ、指を髪にからめた。「リーサ……」リーサの唇をべつの場所にあてがった。「ここだ」またべつの場所へ。「ここも」さらにもう一度リーサの頭を動かした。「ああ、最高だ」と、急にリーサの口を胸に押しつけたまま、息ができないほど強く抱きしめてきた。クランシーは何度もぶるっと身を震わせた。「最高だ。気が遠くなりそうだ。ベッドに行こう！」

頭がどうも働かない。なぜ、あっという間にこんなことになってしまったのだろう？

「クランシー……」

「満足させてあげるよ」髪にあった手がおりていって背中をなでたが、その動きには欲望だけでなく切ない優しさがあった。「きみが求めているものを与えさせてほしいんだ。いや、ふたりが求めているものを。愛しているよ、リーサ」

最後の言葉が胸にとどくと同時に、リーサのなかに小さな衝撃が走った。クランシーは自分がリーサを愛していると思っていて、今からしようとしていることは、彼にとってはただの一夜のお楽しみではないのだ。これを足がかりにして、なんとしても結婚の約束をもぎとろうとしている。リーサはどんな男ともそうした間柄になる意志はなかった。

リーサの身体が知らずのうちにこわばり、それを感じたクランシーは動きを止めた。「リーサ？」そっと自分からリーサをはなし、肩に手をおいた。顔をさぐり、そこにあるものを読み取って顔をくもらせた。「嫌か？」

リーサは下唇を嚙んだ。「ええ。すぐに止めればよかったのに、ごめんなさい。ほんとは、じらすような女じゃないの、クランシー」

「わかってるさ」彼はこたえた。今もまだ欲望に引きつった硬い表情をしている。「わたしがいけないいんだ。はじめたのはわたしだ。ここ二、三日我慢していて、辛抱がきかなくなってきた」彼は陰気に笑った。「だが、褒められない振る舞いの報いは、今夜、ちゃんと受けるだろうよ。ベッドにはいって、ひと晩じゅう一睡もせずに悶々とするんだ」

「わたしもよ」リーサはささやいた。

「きみはいつでも横になれば、そういう苦しみをあじわえるんじゃないか。あんなろくでもない睡眠薬を返す気はないぞ」

リーサはいらいらして首をふった。「いらないわ。毎晩必要なわけじゃなくて、ただ――」その先を呑みこんで、背を向けた。「おやすみなさい、クランシー。今のこの状況はどちらにとっても楽じゃない。そうでしょう？　きっと、思ったより早くわたしを解放する気になるかもしれないわね」

「期待を持つな。わたしは罰には相当耐えられる。以前、革命派の連中に捕まって、アレックスが救出してくれるまでの三週間半、毎日拷問を受けた。今のこの状況にくらべればましだったが、あのおかげで鍛えられたよ」クランシーは首をかしげておどけて会釈した。「おやすみ、リーサ。あす、また朝食のときに」

5

まちがいない。広場の向こう側の、屋台の日除(ひよ)けの陰にいるのはマーティンだ。

身体じゅうの血液が凍りつき、つぎの瞬間には熱くどくどくと流れだしてリーサは軽い吐き気におそわれた。横のクランシーをすばやくうかがい、安堵(あんど)のため息をついた。丸いおめめのベティちゃんのついた、やけに派手なバスケットをながめている。愉快そうに口もとをほころばせているところからして、マーティンのことも、リーサの動揺にも、気づいてはいないようだった。

それもそのはずだ。リーサ自身もいかにもマーティンらしい偉そうな立ち姿が目にはいらなければ、元夫がそこにいるとは気づかなかった。カラフルな縞模様の日除けの影にまぎれ、さらに籐のチェストを積んだうしろに半分隠れている。けれども、あのマーティンが自分の存在を誇示しないまま立ち去るはずはない。必ずやいつもの挑戦的な態度で近づいてきて、そうなればクランシーはマーティンを捕まえる。リーサを餌にしたネズミ捕りは、そこでバチンと口を閉じるのだ。

「いかにも、といった品だな」クランシーが笑いながらふり返った。「ガーフィールドにベティちゃんに、ミッキー・マウスもあるぞ。想像どおりの観光客相手の場所だ」リーサの顔を見たとたんに、楽しげな表情が消えた。「どうした？　顔が青いぞ」

リーサは必死に言い訳をさがした。「暑さのせいね」弱々しく笑った。「あまり気分がよくないの。無理をしないほうがいいと、あなたも言っていたわね。帽子をかぶってくればよかったわ」

クランシーは心配そうに顔をゆがめた。「ヴィラにもどろう」

「いいの」リーサはあわてて言った。「わたしなら大丈夫。少しすればよくなるから」乾いた唇を舌先で濡らした。「ただ、さっき通った屋台にいって、つば広の帽子を見つくろってきてくれないかしら」

クランシーはなおも顔をしかめていた。「それより、ヴィラに――」

「平気よ」リーサはくり返した。深呼吸して、なんとか平静をよそおって話しつづけた。「できれば帽子だけお願いしたいわ。走って逃げたりしないと約束するから。そんな衝動に駆られたとしても、ガルブレイスが目を鋭くして見張っているでしょう」

クランシーはうなずいた。「わかった。すぐにもどるよ。陽のあたらないところにいるんだ」彼は背を向けると、すぐに人ごみに消えていった。

拍子抜けするほど簡単だったが、まだ安心はできない。ガルブレイスが監視しているはずだ。一挙手一投足、不自然に見えないようにしなければ。リーサはクランシーが見ていたバスケットを手に取って、のんびりながめた。つぎにそれをもとの場所にもどし、広場をわたって反対側へぶらぶらと歩いていった。

マーティンが見ている。彼の視線を肌に感じる。緊張で筋肉がこわばったり、足取りが速くなったりしないように気をつけなければ。身体は多くを語るのだ。クランシーの部下たちは観察者として訓練をつんでいるはずで、緊張やパニックをおもてに出すことは許されなかった。

リーサは装飾的な金具のついたチェストの前で足を止めた。マーティンのいるところから一メートルほどの場所だった。すかさず奥から出てきた商売熱心な幼い少年を見て、リーサは首をふった。「ちょっとながめさせてね」笑顔で言った。少年は自分の椅子にもどり、〝楽園回帰〟と赤い文字ででかでかと書いてある厚紙の団扇(うちわ)を手にして、無気力にあおぎはじめた。

すばやく動くものが目の端に見えた。「動かないで！　監視されてるの」

「知ってるよ」マーティンは哀れっぽい皮肉な声を出した。「新しい恋人は、おれに輪をかけて嫉妬深いようだな、リーサ。ヴィラのまわりにはボディガードまでついてて、出かける時には必ずデズモンドがひじをつかんでる。つねにおまえを横においておきたいんだな」いつもの冷たい残忍な口調がもどった。「この二日間は家から一歩も出なかったじゃないか。さぞかし楽しませてやってるんだろう」

「ヴィラをずっと見張ってたの？」リーサは驚いて聞いた。

「三日間だ。ふたりがビーチの愛の巣にこもっているところを、楽しく覗き見させてもらったよ。独占欲の強い男はこりごりだと言ってたはずが、考えを変えたらしいな。というより、あれだけたんまり金を持ってりゃ、ちょっとの欠点には目をつむれるってことか」

「マーティン、ここから逃げて。今すぐに。あなたの身が危ないわ」

「デズモンドのボディガードから逃げろと？　やつは連中をまわりにおいておけば、おまえを守れると思ってるのか？　おまえはおれのものだ。永遠にな。港にボートをつないである。いっしょにいこう、リーサ。そうしたら、新しい恋人を滅多斬りにするのを考えなおしてやってもいい」残忍な顔で笑った。「おまえは暴力をちっとも理解しなかったな。おれは理解しているし、使い方も心得ている。やつを痛い目にあわせたくないんだろう、リーサ？」

クランシーが痛い目に？　そのことを想像して、一瞬ものすごく不安になった。けれども、すぐにばからしさに気づいた。クランシーは格段に危険で恐ろしい存在だ。危ないのはマーティンのほうだ。「聞いて、マーティン。見えていることと実際のことはちがうの。今は話している暇はないけど、とにかくあなたはパラダイス島から逃げて」

「ならいっしょに来るんだ」マーティンは急に低い焦った声を出した。「おれは今、面倒な立場に陥っているが、嵐はすぐに通りすぎる。一度はおれを愛しただろう。まちがいない、すべて昔のとおりになるんだ。そばにいてくれ、リーサ」

ああ、もう耐えられない。「あなたを愛しているつもりでいた女は、もう存在しないの、マーティン。自分にないものは、あげられないわ」

「子どものことが引っかかってるんだな? トミーにあんなことがあって、おれを許せないんだ」

「ちがう、トミーは関係ない」声が震えそうになるのをなんとかこらえた。「だって、あれは不可抗力だったと――」言いかけてやめた。「お願い、マーティン。とにかく逃げて」

「いっしょに来ると言ったらな。埋め合わせをしたいんだ。チャンスをくれよ、ベイビー」

「わたしは赤ん坊じゃない。立派な大人よ。あなたはそれをまったくわかってくれなかった」涙が容赦なくあふれてきそうだった。当時の記憶の数々がどうしようもなく迫ってくる。

「デズモンドはなかなかの男なんだろう。いいかリーサ、おれはどうにかしてあいつを消してみせる」

「彼の名前はデズモンドじゃない。説明を聞いて。本当の名前は――」

「劇的な登場を果たすには、今がそのときかな？」クランシーが愚弄するように言った。

「アガサ・クリスティーの作品のエルキュール・ポワロみたいにね」

「クランシー！」リーサは勢いよくふり返った。

「悪いが、帽子は我慢してくれ。ボールドウィンと対決するほうが大事だと思ったからね」

「わかっていたの？」リーサはささやいた。

「きみが女優じゃなく歌手でよかったよ。その調子じゃ、絶対に舞台には立てなかっただろう」クランシーは飢えたような獰猛な目でマーティンをじっと見ていた。「紹介してくれ、リーサ。この瞬間をずっと待ちわびていたんだ。こっちはクランシー・ドナヒューだ、ボールドウィン」

「ドナヒュー！」マーティンのギリシア彫刻風の顔に、怒りが一気にひろがった。灰色の目を細めて、恐ろしいほど醜くゆがんだ表情でリーサの白い顔をにらんだ。「はめたのか？ドナヒューの女になって、リボンをかけておれをやつにわたそうってのか？」

「ちがうわ。警告しようとしたじゃない」リーサはくたびれた声で言った。「だけどあなたは聞く耳を持たなかった」

「警告する努力が足りなかった。おれを厄介ばらいしたかったんだろう。そうしたら、スパイ野郎の恋人とこの先ずっと幸せにやれるからな」

「この人は恋人じゃないわ」マーティンを説得できるとは自分でも思っていなかった。彼はいつも自分の信じたいものを信じるのだ。

「嘘をつくな」マーティンの目は燃えていた。「こいつのおまえを見る目を見れば、わかる」

「恋人でまちがいない」クランシーが言い捨てた。「おまえの出る幕はないぞ、ボールドウィン。それに今後いっさい、わたしのじゃまをしないでもらおう」

「知ったことか」マーティンはリーサの顔を見て冷たく笑った。「リーサ、まずいことをしたな。おれを裏切ったんだ。裏切り者は罰を受けねばならない」声を低く落とし、毒をふくんだ調子でぺらぺらしゃべった。「トミーにああいうことがあって、おれはじつは喜んだんだ。おまえはいつだってトミーが第一だったからな」

クランシーがマーティンのほうへ一歩近づいた。「ボールドウィン、おまえは人に罰を与える立場にないぞ。最高に運がよければ、この場からは無事に逃げおおせるかもしれないが、今後、リーサを傷つけようとするな。そんなことをすれば命はない」

「脅しか?」マーティンは唇をむいた。「おまえはてめえの身を――」マーティンの力強い左腕が一瞬のすばやい動きで前にくりだされ、危ういバランスで積んであった籐のチェストをたたいた。そのとたんに山全体が二人のいるほうにくずれてきた!

クランシーの悪態が聞こえ、リーサは腕を引っぱられて、落ちてくるチェストのなかから救出された。店番が怒った叫びをあげ、つぎの瞬間にはガルブレイスがとなりに立っていた。

「どっちに逃げたか見たか？」クランシーが質問した。

リーサはマーティンが一瞬前までいた屋台の陰を見た。姿はない！

「屋台のうしろの、あの通路を走っていきました」ガルブレイスが言った。「ヘンドリックスが追ってます」

「よし」クランシーはリーサの腕をはなして、うしろを向いた。「わたしもいく。リーサをヴィラに連れて帰れ」彼は行く手をふさぐチェストを跳びこえて、走って去っていった。

リーサはぼう然としてクランシーを目で追った。何もかもが一瞬のうちに起こり、事態がよく呑みこめていなかった。

ガルブレイスがそっとひじに手をかけてきた。「ミス・ランドン、クランシーの言ったことにしたがわないと。心配はいりません。すべてうまくいきます。クランシーはあの野郎をちゃんと捕まえますよ」

リーサが心配しているのはマーティンが捕まったあとのことで、それを考えると彼女のパニックは恐怖に変わった。いなくなる直前のマーティンはものすごく邪悪で、ものすごく威嚇的だった。トミーについてどうしてあんなことが言えたのだろう？　リーサはその発言の大変な恐ろしさにぞっとして、気分が悪くなった。彼がリーサに強い執着を示すのは、罪悪感と絶望のせいだと信じて疑っていなかった。まさか、ずっと誤解していたのだろうか？

「震えてますよ」ガルブレイスが心配そうに顔をしかめた。「大丈夫ですか？　クランシーが帰ってきたときに、あなたが病気で倒れてたりしたら、僕の首が切り落とされてあのバスケットに収まることになる」

「わたしは平気よ」だがそうではなかった。鬱というものいつもの暗い影が、じりじりとこちらに迫り、おおいかぶさってくるのがわかる。そこから逃げるように足取りが速まった。けれども無駄な努力だ。この三年間、ずっと逃げられなかったのだ。今さら逃げられるはずがあるだろうか？「とにかく、ヴィラにもどりましょう」

クランシーがヴィラにもどったころには、すでに日が暮れかけていたが、ガルブレイスは明かりをつけてもいなかった。居間の大きく快適な椅子でくつろぎ、脚を幅広のひじ掛けに垂らしてぶらぶらさせていた。

クランシーが部屋にはいって天井の照明をつけると、ガルブレイスは起きあがって姿勢を正した。「捕まえたんですか？」

クランシーは首を横にふった。「ヘンドリックスが通路で姿を見失った」クランシーは疲れをみせて首のうしろをさすった。「何かしらの手がかりがないか、午後いっぱい島をさがしまわった。ようやく、ある線を追って沿岸警備隊の事務所にいきついた。ボールドウィンらしき男が三日前にボートで港にやってきて、その後ずっと埠頭に停泊しているそうだ」

ガルブレイスは小さく口笛を吹いた。「じゃあ、ボートで寝泊まりしてたのか。だから島のホテルからはなんの情報もはいらなかったんだ」

「そしてそのボートは今は埠頭にない。要するに、ボールドウィンはまんまと逃げたんだろう。だが、どっちでもいい。ともかく、やつを捕まえる」クランシーは主寝室のドアに目を移した。「彼女の具合はどうだ?」

「よくありませんね」ガルブレイスはそう言って顔をしかめた。「まったくあの野郎は彼女に何を言ったんだ? どうもショック状態にあるみたいなんです。あいつに脅されたんですか?」

クランシーは口をまげた。「ああ。だが動揺の理由がそれだとは思えんな。夕飯は食べたか?」

「ホテルのキッチンから適当に運ばせたんですが、彼女は手をつけませんでした」ガルブレイスは肩をすくめて、ため息をついた。「まずいですよ、クランシー。ずっと無口なんです。ベトナムでよく、あんなふうになる人間を見かけました」ひねくれた笑いを見せた。「そういうやつは、最後にはジャングルを徘徊(はいかい)したり、ロシアンルーレットが好きになったりするんです」

クランシーの背筋を冷たいものが這った。彼自身もそういう男たちを見てきた。苦痛や恐怖を無理に抑えこみ、その結果、それが心の地雷となってしまうのだ。「あとでなんとか食べさせてみよう。今夜はもうあがっていいぞ、ジョン。警備の連中には、あしたは来なくていいと伝えてくれ」

ガルブレイスの眉が驚いてあがった。「監視を正式に打ちきりにするんですか？　ボールドウィンがもどってくる可能性も考えて、あと数日はこのままつづけるのかと思ってました」

「もどってくるのはまちがいないが、すぐにやってくるほど愚かじゃないだろう。われわれが待ち構えているのはわかってるんだ。おそらく時期をみて、不意を狙ってくる」

ガルブレイスは賛成してうなずいた。「ミス・ランドンを取り返すために、また何かやらかしてくると思ってるんですね？」

「それについては微塵(みじん)も疑っていない」クランシーは苦々しさをにじませて言った。「わたしが用意したシナリオのおかげで、リーサにとってただの迷惑者だったボールドウィンが、今では本物の脅威となってしまった。あいつは自分が裏切られたと思いこんでいるんだ。ああいうかれたやつがどんな復讐をしてくるかは、予測がつかない」

「じゃあ、彼女のことはこの先ずっと、セディカーンが保護するんですね」ガルブレイスの言葉は質問ではなく断言だった。彼は立ちあがった。「あしたミス・ランドンをニューヨーク行きの飛行機に乗せて、身代わりのエージェントをここにおきますか？」

「それはやめておこう。ニューヨークみたいに人の多い場所じゃ、大部隊でかこんで守らないかぎり安全が確保できない」クランシーは顔をしかめた。「セディカーンに連れていかないといけないかもしれんな」

「これ以上勝手な都合であっちからこっちへと移されるのは、嫌かもしれませんよ」ガルブレイスはごくかすかに微笑んだ。「彼女にも自分の考えがあるでしょう。ずっと囚人みたいに軟禁しているわけにはいきませんよ」

「囚人にしたいとはまったく思っていない。こんなごたごたは、うんざりだ」

ガルブレイスは肩をすくめ、ドアのほうへ歩いていった。「あしたまた連絡を入れます。どうするか決めたら、教えてください。では、おやすみなさい」

「ああ、おやすみ」クランシーはガルブレイスが去っていったあとも、そのまましばらく閉じたドアをぼんやり見つめていた。怖いのだ。これからやらねばならないのは、いずれにせよ避けて通れないことだとわかっているが、そう考えても気休めにもならない。手に力がはいった。さあ、いけ——クランシーは自分に命じた。早く片づけてしまえ。

クランシーはふり返り、主寝室のほうに歩いていって短くドアをノックした。応答を待たずにドアをあけて、なかにはいった。

リーサはフレンチドアのところに立って、庭をながめていた。暮れなずむ夕刻の光を向こうから受けて、姿がシルエットになっている。

「逃げられたよ」クランシーは言った。「きみには朗報だろう。良心にやましさを覚える必要はないんだ。ボールドウィンはたぶん今ごろ外海にいる」

「あなたはがっかりしているでしょうね」リーサはふり向きもせずに言った。「彼のしている行為は許されることじゃないけど、わたしとしては自分が——」

「ああいう行動に出た理由はわかってる。責めてるわけじゃない。ただ、もっと自己保存の本能を磨いたほうがいい。あいつが逃げる前に言ったことを聞いたろう。今後はきみも、ボールドウィンの攻撃目標のリストにくわえられるんだ」

「そうね」リーサはぼんやり言った。

クランシーは深く息を吸った。事態は思っていた以上に深刻だ。リーサの声にはなんの感情もなかった。「ガードマンを解散させたよ」

リーサはこたえなかった。

「頼むから何か言ってくれ」クランシーは大声を出した。「いったい、どうしたというんだ？　まるで銅像に話しかけてるみたいじゃないか」

「ごめんなさい。とても疲れているんです」礼儀正しい少女のように言った。「そろそろベッドにはいりたいわ」

「まだだ。話がある」

「とても疲れているの」リーサはくり返した。「お願い、睡眠薬をちょうだい」

「絶対にわたさないぞ！」

「もう、すべて終わったわ。ガードマンも帰したんでしょう。薬はわたしの持ち物だから、返して」

「まだ終わってない。それに、わたしがあんな薬を許すと思ったら――」

リーサが勢いよくふり返って、こっちを見た。部屋が暗くて顔は見えないが、身体は引きしぼった弓矢のように緊張している。「いいから返して。ないと困るの！」

「だとすれば、ますます返すわけにはいかないな。もうああしたもの陰に隠れるのはやめたほうがいい。陽の下に出て、顔をあげるんだ」クランシーは無理をして厳しい声を保った。リーサが発する痛みや絶望が、部屋の向こうから伝わってくる。「わたしにできることならどんな協力もするつもりだ。だがそのためには、まず、問題を直視しないといけないだろう」クランシーはベッドサイドのランプのところへいって、明かりをつけた。一瞬、そのことを後悔した。悲痛、それに虚しさが、リーサの蒼白い顔いっぱいにあらわれていた。「リーサ、腹を割って話そう。ずっと目をそらしているわけにはいかないだろう」

突然恐怖におそわれたかのように、リーサの目が大きく見ひらかれた。「あなたは自分の言っていることを理解してないわ。どっちみち、わたしがどうしようと関係ないでしょう。ほっておいて、クランシー」

「それは無理だ。わたしが好きこのんで、こんなふうにきみを追いつめていると思うか？」目と目が合った。「トミーのことを話してくれ、リーサ」

「やめて！」リーサは背を向け、窓の外を見た。「出てって、クランシー」

「息子のトミーはボールドウィンと結婚して一年後に生まれた。調書によれば、きみと息子はとても仲がよかったそうだな。トミーは三年前に自動車事故で死んだ。車を運転していたのはボールドウィンで、やつは軽い脳震盪ですんだ」リーサの背筋は痛々しいほどこわばっている。まるでクランシーに鞭打たれ、それに耐えようと身を硬くしているかのように。顔が見えなくてよかった。「きみはノイローゼになりかけた。半年間、医者の監督下におかれ、その後、仕事を再開し、人生のその部分に全エネルギーをそそぎこむようになった」

「すべての事実を正確に把握しているようね」リーサは張りつめた声で言った。「わたしの口から話すことはないでしょう」

「それはちがう。トミーのことを話してくれ。見た目はどんなだったか？　ボールドウィンみたいな金髪をしてたのか？」

「いいえ、茶色い髪よ。マロン色。だからなんなの？」

「瞳も茶色？」

「淡褐色(ヘーゼル)だったわ」吐息のようにささやいた。「お願い、こんな話をさせないで、クランシー」

「お気に入りの色は？　子どもはみんな赤が好きだ」

「トミーは黄色が大好きだった。明るい黄色が。五歳の誕生日のときに保育園でパーティをひらいてあげたんだけど、あの子は全部黄色い風船にしてくれって」

「おとなしい子だった？」

「ときどきは。眠くなるとお気に入りの本を手にしてやってきて、すわっているわたしの横にはいりこんで丸くなるの」リーサは苦労して言葉を外に出しているようだった。「頭をわたしにあずけて、読み終わるまでじっと黙って聞いてた。でもたいていは、半分も読まないうちに寝てしまったわ」

「寝るときには、好きなおもちゃといっしょに？」

「ブルーザー。片目だけ黒い、ぼろぼろのパンダのぬいぐるみよ。さんざん殴られたボクサーみたいじゃないって、わたしはトミーに言ったわ。あんまり汚くなったから、新しいのに替えましょうって言い聞かせたんだけれど、どうしてもあれが大好きで……」

「その後、ブルーザーはどうなった？」

リーサはこたえなかった。まるで拷問具にかけられているように、背筋が折れそうなほどそっていた。

「教えてくれ、リーサ」

「トミーといっしょよ」聞き取れないほどの消え入りそうな声だった。「大好きだったものを持たせてやりたいと思って。ブルーザーはトミーといっしょにいるわ」

クランシーにとっても、これ以上耐えられなかった。リーサはどうして折れてしまわないのか？「トミーはどんな顔で笑うんだ？」

「左のほっぺにえくぼがあって、それにちょうど前歯が抜けたところだった。年に一度の記念写真をもうすぐ撮る予定があって、ブルーザーみたいにひどい顔よってトミーに言ったの。そしたら大笑いして――」リーサはこちらを向いてクランシーの顔を見た。涙が頬を流れ落ち、目は悲しみでぎらぎら光っていた。「でも、結局写真を撮ることはなかった。トミーは死んだのよ、クランシー。死んじゃったの！」すすり泣きとともに、リーサはほっそりした身体をふいによじった。「不公平よ。トミーはすごくいい子だったのに。あんな目にあうなんて、ひどすぎる」

クランシーは三歩で部屋をまたぎ、リーサを腕で抱きしめた。頭のうしろに両手をあてがい、同情の苦しみから彼女の顔を自分の胸に押しつけた。「わかるよ、リーサ。本当にそのとおりだ」

「あの子は奇跡だった」くぐもった声だが言葉がつぎつぎに出てきた。一度あふれだしたものは止めることができないようだった。「奇跡よ。あんな息子を授かるようなことを、わたしは何もしてこなかった。いつもどこか身勝手で思いやりのない人間だったのに、トミーを授かったの。ものすごくかわいくて優しい子だった。しかも頭もよかった。年のわりに、ずいぶん賢かったの。先生方みんなが、そう言ってくれた」リーサは両手でクランシーのシャツの前身ごろをしわくちゃににぎりしめた。「心から愛してたのよ、クランシー」

クランシーの喉が苦しいほどにつまった。「例の悪夢のことだが、どんな夢を見るんだ、リーサ?」

「トミーよ。いつもトミーが登場して、判で押したようにおなじことが起きる。夜遅い時間で、わたしは家にいるの。幸せな気分で、鼻歌まじりに階段をのぼっていく。トミーをベッドに寝かしつけるところで、それはわたしの大好きなひとときだった。お風呂にはいったあとのあの子はすごく清潔で、かわいらしいの。でも、ドアをあけると、部屋にトミーはいない。わたしは状況が理解できなくて、なかにはいってベッドに歩み寄る。ベッドには乱れたところもなく、冷たくて、完璧に整えられたままで、カバーにはしわひとつない。わたしはそれを見おろしながら、気づくの。永遠にこのままなんだって。トミーがそこに寝ることは二度とないんだって。トミーを寝かしつけることも、おやすみのキスをすることも、ぎゅっと抱きしめることも、もう……」

クランシーの全身に苦しみがどっとひろがって、思わずリーサを揺すった。リーサの気持ちはいかばかりだろう。「わたしがきみなら、自分の手でボールドウィンを殺しただろう」クランシーはかすれた声で言った。

「マーティンもわたしとおなじ気持ちでいるんだと思ってたわ。以前はトミーにそこまで愛情をそそいでいるようには見えなかったけど、離婚してからは変わったみたいだった。遊園地や動物園に連れていってくれたりしてね。事故を起こしたあとの彼は、とても……」一瞬、間があった。「打ちひしがれたようだった。それに、わたしが病気になってすごく心配していたわ」リーサは戸惑ったように首をふった。「でも、もう、よくわからない」

「たぶん、きみといっしょにいるには、自分も喪失の痛みを感じているふりをする以外にないと気づいたんだろう」クランシーは険しい口調で言った。「今日の話し方からして、そんな罪悪感をいだいてるようには思えなかった」

「ええ、そうね」リーサの頬を流れる涙は止まらないが、嗚咽(おえつ)はおさまってきた。「わたしには理解できない。彼のことがわからない」

「わたしにはわかる」クランシーは言った。「あの野郎のことがよくわかる」クランシーはいきなりリーサをかかえあげて、部屋の向こうにある椅子へ運んだ。「だが、今はボールドウィンの話をする気はない」椅子にすわってリーサを膝にのせた。顔のまわりのやわらかな毛をそっと指先でなでた。「きみだって、今はその話はしたくないだろう」

「ええ」リーサは頬をすりよせた。「話していたいのは、その話題じゃない」

「トミーか?」

「そうよ」信じられないことに、リーサは今さらながらにトミーの話がしたいのだ。あたかも傷口が切開されたようで、どうやら今になりようやく膿(うみ)が出ているらしい。

「じゃあ、話してくれ」クランシーは愛情たっぷりにリーサを抱きしめた。「トミーの話が聞きたい。トミーを紹介してほしいんだ、リーサ」

リーサはそのとおりにした。いったん話をはじめると、言葉は止まるところを知らなかった。リーサはクランシーの腕に身を横たえ、夢を見ているような声で、自分から永遠に失われたと思っていた世界を再構築していった。それには苦痛も伴った。時間が流れるとともに涙がこぼれては止まり、またこぼれ、過去の映像がちらちらとリーサの目の前で揺れ、本物のようにうかんだかと思うと、またぼやけて消えた。

クランシーは黙って聞いていた。ただ手だけが、そっとこめかみの髪をなでてくれていた。とうとう言葉は途切れ、リーサも黙りこんだ。中身は枯れてからになり、疲れた子どものようにクランシーに身を寄せて丸くなったが、不思議と心は平和だった。十五分後だろうか、それとも一時間後だろうか。リーサは沈黙を破ってささやいた。「ありがとう」

リーサを抱くクランシーの腕に力がはいった。「礼はいらない。トミーはきみの一部で、それを分かち合ってくれたんだ。きみのほうがわたしに与えてくれたんだよ」少ししてつづけた。「気分はましになったか?」

「ええ」

「それはよかった」また沈黙があった。「トミーの身に起きたことについては、納得のいく説明は思いつかないし、無理に説明をつけようとも思わない。わたしにできるのは、自分が長年の経験で学んだことを伝えるくらいだ」クランシーの声は揺れていた。「わたしは過去に大事な友人知人を大勢亡くした。荒っぽい生き方をしてきたから、しょうがないことなんだろう。とうてい納得はいかないが、人は死ぬんだ。わたしはだれかを失ったときには、その悲しみを利用するようにしている」

「利用する？」

クランシーはうなずいた。「いったん死を受け入れたあとは、思い出や愛情のすべてをひとまとめにして、それをべつの人に向けるように努力する。変な話に聞こえるかもしれないが、自分の思いを、それに亡くした相手からもらったものを、そっくりだれかにあげることができたら、その後も死んだやつの一部が、どこかで生きつづけるような気がするんだ。わたしにはもう血のつながった家族はいないが、セディカーンに友人たちがいる。何かが起こるたびに、わたしはそれまで以上の愛情と思いやりを彼らにそそぐようにしている」クランシーは顔をゆがめた。「今ごろはみんな、重くて重くて苦労しているはずだ。変な話だろ？」

「いいえ、全然変じゃない」リーサはささやいた。「美しい話ね」

「まあ、ともかく、そういう考え方がわたしには役に立つんだ。きみも試してみるといい」クランシーはリーサの頭のてっぺんにそっとキスをした。「そろそろ寝かしてやらないとな。くたくただろう」クランシーはリーサを腕に抱いたまま立ちあがって、ベッドに運んでいった。服を着替えさせようともせずに、枕に寝かせて上掛けをかけた。

「もういくの？」去ってほしくなかった。今夜、この部屋で何かが起こった。親密な関係が生まれ、絆（きずな）が結ばれた。トミーのことをクランシーと分かち合ったということは、きっとある意味では、自分の一部分を彼に捧（ささ）げたということなのだ。そして彼が与えてくれたものは……計り知れないほど大きなものだった。

クランシーは首をふった。「ここにいるよ」彼はランプを消し、となりに横たわってリーサを腕に抱いた。「悪夢はおそってこないだろう。だが、おそってきたら、わたしがここにいて追いはらってあげよう」

リーサ自身も悪夢を見るとは思わなかった。クランシーはあまりに多くのことを与えてくれた。本当は、もう部屋に返してあげなければ。「いなくても平気よ。わたしはもう大丈夫だから」

クランシーの唇がリーサのこめかみの薄い皮膚にふれた。「眠るんだ」彼は言った。「わたしはここにいたい」

リーサは満ち足りたため息をつき、クランシーのたくましい力強さに甘えた。こんなにも硬くて強いのに、その中心にはリーサの心を大きく揺さぶった思いやりと飾らない美しさが備わっているのだ。今は疲れすぎていて、彼の言った意味を深く考える余力はなかったが、やがてそれが慰めをもたらしてくれるだろうことはわかっていた。人にあげること。クランシーはそう言っていた。愛情や美しいものをべつの人に捧げることで、思い出はますます豊かなものとなり、永遠につづく絆の連鎖ができていく……。

リーサの吐息はだんだん深く一定になってきた。幼い子どものように安心しきって、クランシーのほうに身体を丸めて横になっている。ありがたいことに、リーサはすんなり眠りに落ちた。自分の行動がかなり危険な賭けだったことはわかっている。クランシーの直感がまちがっていて、つらい過去をさらけださせることが、益よりも害をもたらす可能性もあったのだ。それに、リーサは頭ではこうするのが必要だと理解していても、つらい思いをさせたクランシーを恨むことも考えられた。そのいずれの事態も避けることができたのは、本当にありがたいことだ。

クランシーはぼんやり暗闇を見つめながら、リーサの髪をなでた。リーサはものすごく孤独なのだ、そう、しみじみ思った。これまで自己流の哲学で彼女を慰めようと努力してきたが、もしかしたらおなじ方法は彼女には通用しないのかもしれない。調書によれば、リーサには親しい友人も親戚もいない。両親は他界した。おそらくはその孤独こそが足かせとなって、つらく生々しい悲しみが遅々として癒えず、内にこもり、喪失感を引きずりつづけてしまったのだろう。その孤独を克服するために、クランシーも何かしらの方法で手助けができるはずだ。

疲労が忍び寄るのを感じて、クランシーは気を引き締めた。精神的にもリーサとおなじくらい疲れていたが、ここで屈するわけにはいかない。今夜クランシーは、リーサが苦しみから身を守るために丹念に築きあげた壁を取りはらってしまった。彼女がつぎに目を覚ますまでに、それに代わるものを用意しておいてやらなければ。クランシーは守ってやりたいという本能的な思いから、リーサの華奢な身体を自分に引き寄せ、考えを集中して、頭にうかびそうでうかばないアイディアを必死に練った。

リーサが目覚めたとき、あたりはまだ暗くて、クランシーの姿がとなりにないことにもすぐに気づいた。それでも不安にはならなかった。クランシーはいっしょにいると約束したし、リーサをおいて出ていくことは絶対にない。リーサはそうした本能的で絶対的な信頼の気持ちを、疑うことさえしなかった。ともかく、信頼している。起きあがって顔から髪をはらった。「クランシー？」

彼はフレンチドアのところに立っていた。白いシャツが暗闇におぼろにうかんでいる。すぐにその白いものが動いて、クランシーがふり返ったのだとわかった。「ここにいるよ。心配することは何もない」

わかってる――リーサは今、もう何年も経験していなかった心の平和と安らぎを感じていた。「まったく寝ていないの？」

クランシーはこっちに歩いてきた。「眠くなかった。それに、やらないといけないことがあったからね。気分はどうだ？」

「いいわ」リーサはそっと言った。「それにすごく感謝しているの。今、何時？」

「明け方の三時すぎだ。もう一回寝るか、それとも、何か食べられそうか？　昨日の朝から食事をしてないだろう」

「あなたとガルブレイスは、わたしの食生活がずいぶん気になるようね。瘦せ型は健康だというデータでも持ってこないとだめかしら」リーサは肩をすくめた。「ちょっとくらいは食べられそう。どっちみち目が冴えてもう眠れないわ」上掛けをはいだ。「でもその前にシャワーをあびていいかしら。すごく寝すぎた気分よ」

「よし」クランシーは枕もとのランプをつけた。「じゃあ、シャワーをあびているあいだにオムレツをつくっておこう」

「そうして」リーサはベッドから出て、チェストに向かった。下着、パンツ、緑色のゆったりしたチュニックを取りだして、バスルームにいった。「十五分もかからないわ」

けれども十五分後にバスルームから出てくると、クランシーはまだ寝室にいた。大きくあけはなったフレンチドアの前に立ち、中庭を見ていた。

「クランシー？」リーサはゆっくり近づいた。「何か問題でも？」

「いや」クランシーはふり返って、安心させるように笑った。「まず、話がしたいと思ってね。かまわないかい？」

「ええ、もちろん」クランシーの態度の何かがリーサを不安にさせた。「話というのは?」

「夜のあいだ、ずっと考えてた」彼はリーサの手を取って、庭の外へ導いた。スイカズラとハイビスカスの濃厚な香りが熱帯の優しい空気にただよっている。「あらゆる点を何度もくり返し考えてみたが、どうしてもこれ以外に解決策が思いうかばなかった。わかってほしいのは、これはわたし自身のためじゃないということだ。わたしも望んでいるものを手に入れることになるがね。ともかく、きみにはそれが必要だと心から信じている」

「クランシー、いったいなんの話をしているのか、さっぱりわからないわ」リーサは言った。あいたフレンチドアから室内のランプの明かりがもれて、クランシーがこわばった、どこか険しい表情をしているのが見えた。リーサは少し震える声で笑った。「いつもはあんなにぶっきらぼうな人が、ずいぶん遠まわしな言い方をするのね」

「それだけ不安だということだ」リーサの肩に両手をおいて、モザイクの噴水の縁にすわらせた。「きみがどう受け止めるのかわからないからね」

「何を受け止めるの?」

クランシーは深呼吸した。「きみを愛しているといったら、信じるか?」

衝撃が走り、リーサはなんとこたえるか戸惑った。「わたしを愛していると思っていることは、信じるわ」リーサはゆっくり言った。

「わたしを信頼してるか？」

それについては答えを悩む必要はなかった。「ええ」

突然、クランシーがとなりにひざまずき、リーサの両手をまとめてにぎった。「わたしのことは信頼していい。絶対にきみを傷つけることはしない。わたしが喪失の痛みをべつのものに昇華させる方法について語ったのは憶えてるだろう？」

「ええ」リーサはこたえ、クランシーの手を強くにぎり返した。「憶えてるわ」

「だが、だれかに痛みをふり向けようにも、きみにはその相手がいないんだよ、リーサ。本気で愛する人がいないんだ」

「何が言いたいの？」

「きみには、そのだれかが必要だ」クランシーは顔をあげたが、表情は真剣そのものだった。

「つまり、わたしは是非にもきみに子どもを授けてあげたいんだ」

リーサは鋭く息を吸った。「子どもですって！」

「トミーの替えがきくと言いたいんじゃない。人はそれぞれ唯一無二のかけがえのない存在だし、きみのトミーへの思いは輝かしい特別なものだ。そうだとしても、やはりきみには愛情をそそぐ対象が他に必要なんだよ」クランシーは少しいびつな顔で笑った。「わたしだって己かわいさから、その相手が自分ならいいと願わないわけじゃないが、どうやらその見込みは薄い。少なくとも今のところはね。だが、いずれにせよ対象は必要で、きみは自分の子どもにならまちがいなく愛情をそそぐだろう」クランシーはリーサの手のひらを自分の唇に持っていって、キスをした。「お願いだ。その子をわたしに授けさせてくれ」

「クランシー……」リーサの思いは乱れ、大きく揺さぶられた。

「きみのほうはなんの約束もしなくていいんだ。望まないなら結婚だってしなくていい。子どもは百パーセントきみのものだ。誓約書にそう明記してサインをしよう」しばらく無言の間があって、やがてクランシーは言葉をつまらせながら言った。「ただ、子どもが生まれるまでは、できればいっしょにいたいと思ってる。きみにとって不都合がなければね」ねじけた笑いをうかべた。「わたしがどれだけ過保護で心配性か知ってるだろう。そばにいないと、きみとお腹の子のことが気が気じゃない」

「無茶苦茶だわ」リーサはやんわり言い放った。胸に妙にあたたかいものがわいたが、それはクランシーが男の子のような健気(けなげ)な表情で必死にこっちを見ているせいでもあった。トミーもいけないことをやらかしたときに、リーサの出方をびくびくと待ちながら、ちょうどこういう顔つきをした。ごく自然にそんなことを考えている自分に気づいて、リーサは驚きに打たれた。そこにはいつもの鋭い胸の痛みはなく、あるのはトミーが今もいっしょにいるような、優しい気持ちだけだった。クランシーが氷のようなトラウマからリーサを解放してくれたおかげで、トミーはいつでもずっとここにいるのだ。

「そこまで無茶苦茶じゃないさ」クランシーは無意識にリーサの手をもてあそびながら言った。「きみはわたしと寝たいと思ってる。だからセックスの部分は許容できるということだ」

笑いがこみあげてきて、リーサは吹きだしそうになった。この数日のふたりの気持ちの昂りを思うと、〝許容できる〟という言い方はあまりに実態からかけはなれている。

クランシーは引きつづきひとつずつプラス面を挙げていったが、教わったことを真剣な顔で復唱する子どものようで、リーサはまたしてもトミーのことを思いだした。今度も痛みはなかった。もう、いつでも大丈夫になってきている。「わたしは金持ちで、快適な暮らしをさせられる」クランシーはつづけた。「もちろん、気前よく面倒をみさせてもらうよ。子どもが生まれたあとも、何ひとつ不自由することはない。きみは仕事をつづけるだろうから、きっと家のことを任せられる手伝いを雇わないといけないな」ふいに顔をしかめた。「ツアーに出ることがあれば、留守中は子どもをセディカーンにあずけてほしい。赤ん坊が長期間、親のどちらともはなれているというのは賛成できない」

「ずいぶんいろんなことを細かく考えたのね」リーサは穏やかに言った。

「長い夜だったたし、わたしが新たに問題提起をしたことに対して解決案がないと、きみが困ることになると思ってね。それを提案するのはわたしの役割だった」

そうして、彼は解決案を示してくれた。物惜しみせず自分のことは二の次にして。それにいかにもクランシーらしい損得を考えない実直な姿勢で。「クランシー、あなたの自己保存の本能はどこへいってしまったの？　そんなことをして、あなたは得るものがあるの？」

「たくさんのものを得るよ」クランシーは笑顔になった。「少なくとも九カ月間は、わたしのベッドに、わたしの生活のなかにきみがいる。それに愛情をそそぐことのできる子どもを得る。完全に自分のものじゃないにせよ。その点については心配ない。きみと会うまで、自分に子どもができることなど考えもしなかったくらいだ」

リーサはトミーを得て知ることになった愛情や奇跡を思いだして、目の奥に涙があふれてきた。自分があじわったものをクランシーにも経験させたい。クランシーはすばらしい父親になるだろう――優しくて、包容力があって賢明で。ああいう喜びを彼から奪うわけにはいかない。「あなたにそんなことはさせられないわ」

クランシーは首をふった。「わからないか？　トミーのことを話してくれたときといっしょで、これもきみからの贈り物になるんだ。どちらかが引けめを感じる理由はない」彼はあらためて手のひらにキスをした。「公平な取り引きだよ、リーサ」

「全然公平じゃない。わたしがもらうばかりで、あなたは与えるだけ。これほどのものをもらったら、象牙の塔にいたとき以上に身勝手なわたしになってしまうわ」

「それはちがう」クランシーは強く手をにぎった。「ものすごくまちがっている。きみがこの提案を受け入れたとしても、わたしは自分が犠牲になったような気にはちっともならない。むしろ、幸せでしかたないくらいだ」

「だとしたら、あなたはただのばかよ！」声がつまり、リーサはつぎにしゃべれるまで一瞬間をおいた。「クランシー、今はこの話はもうやめましょう」

「わかった」クランシーは手をはなす前に、最後にもう一度愛おしそうにぎゅっとにぎり、立ちあがった。「ひとまずこの件はおいておこう。だが、その前にひとつだけ質問がある。子どもはほしいと思うか？」

どうなのだろう？　クランシーに子どもを授けたいと言われたときは衝撃を受け、その直後にものすごく大きな喜びがわいた。トミーを出産したあと、自分は強い母性本能を持った女で、子どもがいてこそひとりの人間として完結するのだと気づいた。母となり、喜びやあたたかい感情や愛を知った。だが、母となったおかげで大きなショックと信じがたいほどの痛みも経験した。あの痛みをもう一度あじわう覚悟ができるか？「わからないわ」リーサは手で投げやりな仕草をした。「頭の整理がつかなくて。あまりにたくさんのことが関係してくるから……」

クランシーはうなずいた。「わかるよ。結論を出せるのはきみだけだ」彼は背を向けた。

「考えてみてくれ。ふたりにとっての最良の答えだと、わたしは信じてるよ。心が決まったら教えてほしい」肩ごしにふり返って、リーサを見た。「もう、オムレツという気分じゃないだろうね？」

食べ物？　リーサは首をふった。「これ以上、とても消化しきれないわ」

クランシーは笑った。「きみを太らせようと思ったら、こういう話し合いは食事のあとに設定したほうがいいな」

「それはどうかしら」リーサは冷たく言った。「太るのは、目下（もっか）の議題についてわたしが説得されたあとの話でしょう」

クランシーは声をたてて笑った。「そのとおりだ」ふと真顔になった。「わたしの子どもを宿したきみを見てみたいよ。ああいうはちきれんばかりの時期の女は、何にも増して美しい」

彼の眼差しがあまりに真剣で、リーサは急に息苦しくなった。「女の魅力について、変わった考えの持ち主なのね。トミーを妊娠したときは、はちきれんばかりなのはお腹だけだった。西瓜（すいか）を丸呑みしたみたいな姿だったわ」

「そういう姿を見てみたいんだ」クランシーは優しく言った。「とにかく、考えてみてくれ」背を向けて家のなかにはいっていった。

こんなに脳と心が独楽のように回転していては、考えずにいるほうが難しい。リーサはもうひとり子どもがほしいのだろうか？　クランシーはそれが自分の望みでもあると言ってはくれたけれど、彼にそこまでさせていいのだろうか？　もし子どもができたとして、その子を連れて彼のもとから去るということが、リーサにできるのだろうか？　最後の問いに対しては、リーサの全本能が拒否を示していた。そんなふうに他人を傷つけることはできない。相手がクランシーならなおさらだ。あんな親切で正直で、愛すべき人を。クランシーのもとを去るなんて、そもそもできるはずがない。

嵐渦巻く頭からふと出てきたその思いに、自分でもはっとした。やがて、思いは揺るぎない強い確信に変わった。どんな状況にあっても、クランシー・ドナヒューとはなれたくない。いっしょに暮らし、彼の子どもを身ごもり、クランシーがこの世を去るその日まで、あのたまに見せるあたたかい表情でリーサを見おろし、笑いかけてほしい。愛。わたしはクランシーを愛している。そう思った自分に、彼の提案を受けたときとおなじくらい大きな衝撃を受けた。この数日間、その感情の境界線ぎりぎりのところを行きつもどりつしていたのに、なぜ気づかなかったのだろう。ますます頭が混乱してきた。

リーサは何時間も庭にいて、闇を見つめながら考えにふけった。曙の最初の光が空にすじとなってあらわれたころ、ようやく心が安らかになってきた。すでに決心はついた。怖く

もあり、同時に勇気のわく決断だった。あたって砕けろ、だ。リーサは立ちあがりながら思った。再度の妊娠という精神的試練が待っているだけでなく、人生ではじめて愛し愛されるという、さらに大きな課題をみずから負おうとしているのだ。噴水の縁に腰かけていたせいで身体が凝りかたまり、緊張疲れもあって少しふらふらした。ベッドに倒れこんでそのまま寝てしまいたい気持ちは大きかったが、それはできない。クランシーには一刻も早く答えを教えてあげなければ。

子どもがほしい。クランシーにはそばにいてほしい。この数時間で、そのふたつの事実ははっきりした。ただ、クランシーへの愛については、ずいぶん短時間にその自覚を得たので、どうもまだ自信が持てなかった。彼に愛していると告げて、あとになってからセックスと感謝の念をもっと意味深いものと勘ちがいしていたと気づいたら、どうなる？ 愛という分野については、リーサはまったくの初心者だった。マーティンに感じていたものは、今感じている思いとは比較にもならないものだったのだ。すっかり自信が持てるようになるまでは、どんな告白をしようともクランシーに対して不誠実になる。それに、身体の関係を結んだあとで、クランシーのほうが、じつはセックスこそが魅力だったのだと気づいたら？ そうなれば、彼はもはや望まない関係にその先もずっと縛(しば)られることになる。それがどんなことか、リーサはよく知っているではないか。やはりおたがいのために、ここは十分に慎重に進めた

ほうがいい。

リーサは自分の寝室をつっきって玄関広間を通り、リーサをヴィラに連れてきて以来クランシーが使っているゲストルームに向かった。ドアの前に立って、大きく深呼吸して自分を落ち着かせた。それからノックなしにノブをまわし、ドアをあけた。カーテンが閉じてあり、室内にはまだ夜の暗さが残っている。部屋の向こうの大きなベッドでシーツをかぶっている長身の姿は、輪郭さえほとんどわからなかった。

「クランシー？」

「起きてるよ」彼は静かに言った。

リーサはごくりと唾を呑んだ。「子どもは生みたいわ。あなたの子どもがほしい」

クランシーは一瞬無言だった。表情が見えないのがもどかしかった。気が変わって、とんでもない提案をしたことを横になりながら激しく後悔しているのかもしれない。

「嬉しいよ」彼はかすれた声で言った。

気は変わっていないのだ！　喜びがリーサの身体を激しく駆けめぐった。「ただ、条件が公平じゃないと思うの。契約書を書いて、一年のうちの半年間ずつ、それぞれが親権を持つようにしましょう」

「好きにするといい」

「それから、わたしが子どもといっしょのときは、自分たちの生活費は自分でもつわ」

「そんなことは――」クランシーは言いかけてやめた。「それについては、あらためて話し合おう。心は決まったのか?」

「ええ、きっぱり決めた」ああ神さま、わたしはこんなにもクランシーを愛してる。

「すぐに手配して午前中のうちにジェット機を用意しよう。きみは今からベッドにはいって、少し寝たほうがいい」

「ジェット機?」

「セディカーンに連れていく。きみを家に連れていくんだよ、リーサ」

6

「コーヒーは？」ジョン・ガルブレイスが発泡スチロールのカップを差しだしてきた。飛行機の揺れに耐えてリーサの前で慎重にバランスをとって立っている。

「ええ、ありがとう」リーサはカップを受け取り、肩からかぶっていた毛布を膝におろした。「眠気覚ましが必要だわ。何時間も眠ってしまったようね。クランシーはどこ？」

「コックピットにいて、無線でマラセフに指示を出してます」ガルブレイスはとなりのシートに腰をおろした。「着陸まで、もうあと一時間もありません」

だとすると、リーサは五時間近く寝ていたことになる。とくに驚くことでもなかった。クランシーの的確なアドバイスにもかかわらず、リーサはすぐには寝つけなかった。ベッドにはいると頭が活発に働いて、かえって目が冴えてしまったのだ。けれどもこの贅沢なプライベートジェットに乗り、飛行機が空へ飛びたったとたんに、大きなハンマーで殴られたようにぱったり眠りに落ちた。「あなたはセディカーンに住んでいるの？」リーサはコーヒーを口にし、ガルブレイスに質問した。

「クランシーが住めといったところが僕の住所です」彼は肩をすくめた。「この仕事をしていると旅ばっかりだ」

「クランシーもそう言っていたわ」でも、今後はその出張の大部分を削ることができるとも言っていた。リーサはそれを思いだしてほっとした。どうしても必要な場合でも、同伴してもらえることもあるだろう。「クランシーはセディカーンにも家を持っているの?」

ガルブレイスは首をふった。「宮殿の一画に住んでるんです。シークのアレックス・ベン＝ラーシドのそばにいるほうが、何かと便利だっていうことで」

リーサは自分たちがどんな場所に住むことになるのか、ちっとも考えていなかった。王侯の宮殿に住みたいかどうかは、自分でもよくわからない。

「前にいってパイロットについてろ、ジョン」クランシーが横に立っていた。自制してはいるが、緊張感がはっきりとにじんでいる。出発の準備をしているときからぴりぴりしているのはリーサも気がついたが、べつに変だとは思わなかった。これはふたりにとって大きな一歩で、リーサ自身も今回の旅のことでは不安がいっぱいだった。

ガルブレイスはにやりと笑って立ちあがった。「まさにおじゃま虫ってところですかね。僕はいつだって勘がいいんだ」そう言うと、コックピットに向かって通路をのんびり歩いていった。

「何か問題でも？」リーサはコーヒーのカップをわきのテーブルにおいた。

「ああ」クランシーはガルブレイスがすわっていたシートに腰をおろした。「問題大ありだ」

「どんな？」

「どんな問題だと思う？」クランシーが聞き返した。「ゆうべきみは、わたしの子どもを生むと言った。子どもを生むには、ある種の生物学的な儀式が必要だ。今朝きみが去ってから、わたしの頭はその儀式のことしか考えられなくなってしまった。出会った日からそうだと言われれば、否定はできないがね。その後、飛行機に乗ったが、きみはずっと眠りっぱなしだ」

息が喉につかえた。「飛行機のなかでそういうことをしたいと思っていたの？」

「できるなら、どこにいたってしたい」クランシーは乱暴に言った。「ひどいもんさ。こんなふうに女を求めたことは、いまだかつてない」取り乱したように髪に手を入れた。「ゆうべの提案も、ベッドに誘うのが目的だったと思われてもしかたないな。それは事実じゃないが、わたしは……おい、何をしてる？」クランシーの見ている目の前で、リーサの手がブラウスのボタンにかかり、それを当然のようにはずしはじめた。

「愛し合いたいんでしょう」リーサは最後のボタンをはずして言った。「あまり時間はないけど、わたしはその気よ。だれも来ないでしょう？　ジョンに対してははっきり態度で示していたから、彼は呼ばれないかぎりもどってこないわ」

「ああ、だれも来ない」クランシーはかすれ声で言った。目はブラウスのはだけた隙間に釘づけだった。すべすべした白いお腹と、レースのブラジャーの上に丸くはみでた胸という心そそる光景が、そこからのぞいている。

「それならいいわ」リーサはブラジャーのフロントホックに手をかけた。一瞬にして留め具がはずれ、揺れる胸が解放されて、それをおおうのはもはやシルクのブラウス一枚のみとなった。リーサはいたずらめいた笑いを見せた。「さあ、子作りをしましょうか、ミスター・ドナヒュー？」

クランシーは物欲しげにけぶった目で、シルクの下の丸いふくらみをじっと見つめた。

「今、させてくれるのか？」

「今だけじゃなく、いつでも」リーサは優しく言った。「どこにいても、どんなふうにでも。いけない理由がある？　わたしも求めているわ、クランシー。服ならまた着ればいいんだから、そんなに遠慮しないで」リーサは身をのりだして、クランシーのピンストライプのシャツのボタンをはずしはじめた。「もっと早く起こしてくれればよかったのに」

「そうだった」クランシーはつぶやいた。リーサの指先が胸の素肌にこすれると、クランシーは目を閉じた。喉のくぼんだところで血管がぴくりと動き、脈が速くなったのがわかる。リーサは自分がこんなふうにクランシーに快感を与えられることに、素朴な喜びを覚えた。やわらかな胸毛に指をからめて、そっと引っぱった。「クランシー、さあ」彼の大きな両手を取って乳房にあてがった。シルクごしに手の熱が伝わってきて、ぞくぞくとした興奮が走る。「わたしを愛して」

「愛しているよ」クランシーはつぶれた声で言った。「この先もずっと」クランシーの手に力がはいり、その下でリーサの胸が反応した。リーサは小さくあえいでのけぞった。クランシーの揺れる手がブラウスをかきわけて、肌にふれようとしている。純粋な欲望が身体を貫いた。興奮が全身のすみずみにまでひろがり、リーサは目を閉じた。

クランシーは親指と人差し指で大きくなった乳首をつまみ、それが硬さを増して魅力的にとがるのを見てハスキーな声で笑った。「おいで、リーサ」ブラウスを肩から脱がし、ブラジャーもはずした。リーサは身体を持ちあげられて、クランシーにまたがった。彼の手が狂おしく夢中になって背中の素肌を上下にさすっている。彼はリーサを自分に引き寄せ、飢えた声をもらして乳房を口にふくんだ。

リーサはクランシーの髪に指をからめ、頭をあげて声を殺してあえいだ。胸を這う熱い舌先が肌を焦がし、小さな炎が身体じゅうをじりじりと火照らせる。

「こうされるのが好きか?」クランシーは言った。リーサはこたえることもできなかった。喉がつまり、息が胸でつかえている。クランシーはリーサの無言を肯定と受け取って、胸をリズミカルにもみながら、もっと強く口で吸った。やがて唇がはなれた。「きみの味が好きだ」何度も頬を胸にすりつけられ、リーサの柔肌にひげを剃った肌がこすれた。太ももの奥から熱く湿ったものがわいてくる。「この肌ざわりがいい」顔の動きといっしょに舌がリーサを愛撫し、もてあそび、あじわう。興奮が耐えがたいほどつのって、リーサは彼の肩をつかんだ。目をあけて、クランシーの唇が自分の丸い胸の上を這い、舌が乳首の上を動くのを見た。

とうとうクランシーの手がリーサのパンツのファスナーにかかった。彼は顔もあげずに、そっと小さな音をたててファスナーをおろした。両手がベルトのなかへはいりこんできて、尻をおおう。リーサの身体が期待で緊張し、腹部がぎゅっと縮こまった。クランシーの手は夢中でリーサをもみ、唇は貪欲に乳房を吸っている。胸が上下するほど息遣いも荒くなり、リーサは硬く長いものがあたっているのを感じた。うっとりと声をもらし、身体を密着させる。クランシーの筋肉がこわばり、手が無意識の強い力でリーサをむさぼりはじめた。

リーサは気にしなかった。少々の痛みは、めくるめく興奮のひとつの要素なのだから。「こんなことはやめてくれ」クランシーがふりしぼるように言った。「優しくしようと努力しているのに。最初から最後まで全部――」突然、言葉を切った。「なんてことだ……」

「どうしたっていうの？」リーサはささやいた。

「脳みそが全部股間に集まってしまったらしい」クランシーは極度の自己嫌悪をこめて言った。「きみをシートに寝かして、なかにはいること以外考えられなくなってる」

「悪くないと思うわ」リーサは小さく微笑んだ。「それどころか、いいと思う」

　クランシーの手に力がはいった。「きみがそんなに積極的でなきゃ、もっと簡単に止められた」飢えた指が切なくリーサの素肌を這った。「やめろと言ってくれ、リーサ」

「なぜ？」リーサは目を見ひらいた。「やめろだなんて言いたくない。どうしてそんなばかなことを？　今にも焼夷弾みたいに燃えあがりそうなのに、わたしを止めたいの？」

「頼むよ。嫌だと言ってくれ」クランシーの視線はリーサの熟れた乳房から動かず、その味を思いだしたように舌で唇を舐めた。「きみがやめないかぎり自分を止められない。だが、わたしにとっては大事なことなんだ」

「どうして」

「きみが大事だからじゃないか。これまでの人生じゃ、セックスは食欲とおなじようにただ満たすものだった」ゆがんだ笑いをうかべた。「相手のことはお構いなしに、ただやって、ありがとさんと言って終わりだ。だから、きみが許してくれると知ったとたんに、反射的に上等な雌を前にした種馬みたいに振る舞ってしまった。だが、きみを相手にそんなことはしたくない。特別な時間にしたいんだ」

リーサはクランシーを見つめ、心のなかではさまざまな感情が激しくまざりあった——もどかしさ、欲望、いらだち、優しい思い。「だったら、自分からやめようと言えばいいでしょう」リーサは首をふりながら言った。しばらくして、唇をひくつかせた。「ああ、意地悪は苦手なの」クランシーの膝からおりて、となりのシートに移った。「わかったわ、嫌だと言ってあげる。とても不本意だけどね。でも、あなたはそれできっと後悔するわよ、クランシー」

「もう後悔してるよ」彼の目は依然としてあらわな胸を物欲しそうに見ていた。「きみは平気なようだな」

「全然平気じゃないわ。あなたを殺したいくらいよ。レイプでもいいわ。どっちがいいかしらね」

クランシーは驚いた顔をした。「きみにしてはずいぶん下品な言い方だな」

「わたしも時と場合によっては下品になるの」リーサはにやりと笑った。「少々痩せていて繊細そうに見えるからといって、骨のないお嬢さんだと勘ちがいしないでよ」

クランシーは細めた目でリーサを見た。「きみはなんだか……変わったな」

リーサの笑顔がふいにあたたかく輝いた。「生き返ったの。気に入らないとしたら、お気の毒さま、クランシー。こうなったのは、あなたのせいだから」

「気に入ったよ」クランシーはそっと言った。「慣れるのに手間どっているだけだ。他にもいろいろ驚きが待っているんだろうな」視線が心ならずも胸に舞いもどった。「ブラウスを着てくれと頼んだら、聞き入れてくれるか？　そんな魅力的なものが丸見えになっていると、こっちとしては非常にやりにくくてしかたがない」

リーサはブラウスをひろって袖に腕を通し、真珠のボタンをはめはじめた。

「何か忘れてないか」クランシーはシートに落ちた、レースの端切れのようなブラジャーをあごで指した。

リーサは首をふり、ブラジャーをつかんでシートの横のトートバッグに平然とつっこんだ。

「忘れてないわ」麻のブレザーを取ってはおった。「保険をかけておくの」

「保険？」

「あなたの振る舞いは、わたしには気高くて立派すぎる。わたしと寝るための、その特別な時間というものの準備が整うのに、いつまで時間がかかるかわからないでしょう。だから、ちょっと刺激を残しておいたほうがいいと思って。この上着で外見上の体裁（ていさい）は保っているけど、それはあくまでも体裁だって知っていてほしいの。その下は裸で、いつでもあなたの自由になるって」リーサの笑いはいたずらっぽくもあり、蠱惑的でもあった。「手を伸ばしてボタンをひとつふたつはずすだけで、望みのものを手にできる。いつでも好きなときに」リーサはそうささやいた。「こんな刺激があれば、あなたもぐずぐずしてはいられないでしょう？」

クランシーは低く口笛を吹いた。「きみは小悪魔だな。ああそうだよ、それだけ刺激があれば十分だ」

「そうだろうと思った」リーサは身をのりだして、クランシーのシャツのボタンを留めはじめた。手がまだ震えていたが、あえて隠さなかった。自分がこんなにもクランシーを求めていることを知ってほしかった。愛しているという告白はまだできなくとも、そのくらいは示しておきたかった。「もちろん、わたしからあなたにふれないって約束はしないわ」リーサはつつましやかにまぶたを伏せて、まつ毛で目をおおった。「でも努力はします。どれだけ待たされるかによるけど」

「長くはかからないと約束するよ。きみは敵にまわすには手ごわいレディだ」

リーサはシートにもたれて、横のテーブルの雑誌を取った。「でも、実際にわたしと対戦したら、きっと楽しいわよ」やんわり言った。「あなただってそれに異存はなかったみたいじゃない。急に良心の呵責を覚えるまではね」

「リーサ、おい……」

リーサは笑いを噛み殺した。「悪いわね。わたしのことを考えなおそうとしても、今さら遅いわ。わたしにあの提案をしたとき、あなたは実際にどんなものを手にすることになるのか、よくわかってなかったのよ。パラダイス島で知ったレディは、ほんの氷山の一角だった。今、水中にあった部分がくだけて、水面に浮かんできているの」

「それはどんな気分だい？」クランシーは優しく微笑んで言った。

リーサはそれについて考えてみた。「悪くない気分ね。少し怖いところもあるけれど。南向きの海流にのって、氷が解けていくのを感じるのは、ちょっとつらいわ。赤道にたどりつくころには、何が残るんだろうって考えずにはいられないから」

「何が残るか知ってるよ」クランシーはリーサの手をにぎった。「自分らしい自分を手に入れた、気骨のある誇り高いレディだ。恐れることは何もない。そばにいて、是非それを見ていたいよ」

リーサは急に胸がつまった。クランシーは海流のなかにいてつかまることのできる岩礁(がんしょう)なのだ。これまで、どれだけ多くの人がクランシーの強さや支えをあてにしてきたことか？彼があまりにも無欲に人のために身を尽くすので、彼自身にも欲求があるということをうっかりすると忘れがちになる。リーサのなかに、ふいに母性的な愛情が強くわいた。わたしは絶対に忘れない。それに他人にも忘れさせない。

リーサは膝の上の雑誌にあえて目を落とした。思いが濃く立ちこめていて、もっと雰囲気を軽くする必要があった。「そういえば、シークの宮殿に住んでるんですってね。ということは、わたしはハレムにはいることになるの？」

「それに艶かしい魅力を感じているみたいだな。たしかにわたしの住まいは宮殿にあるが、今夜、きみを連れていくのはそこじゃない」

リーサの目がまたたいた。「もしかして、わたしは修道院送り？」

「まさか、そんなことはしない。そういう両極端な場所じゃなくて、べつの舞台を考えてる」

「どこだか話してくれるつもりはないのね？」

クランシーは首をふった。「びっくりさせたいんだ。ロマンチックなデートの計画を立てるのは、生まれてはじめてでね」彼の笑顔には、心に訴える少年のようなひたむきさがあった。「気がついてみれば、自分でも楽しみになってきた。失敗しないといいと心から願ってるよ」立ちあがってコックピットのほうを向いた。「そろそろ着陸の時間だ。わたしが準備をしているあいだ、ジョンに言って、きみを観光に連れていってもらおう」

リーサは顔をしかめた。「でも、観光したいとは思わないわ。それよりあなたといっしょにいたい」

クランシーは肩ごしにふり返り、シルクのブラウスの下にある、何にも支えられない胸のふくらみを一瞬より長く見ていた。やがて苦労して目をそらした。「きみは刺激策を導入する前に、こういう展開になる可能性も考えてみるべきだったな。リムジンの後部座席にふたりでいたら、わたしは五分ともたないだろうが、そうなればわたしの計画は丸つぶれだよ」一呼吸おいてつづけた。「だが、コックピットに二秒以内にいけば、なんとかぎりぎり今夜までもつかもしれない」クランシーは足早に通路を歩いていった。

そこは中東の宮殿ではなく、敵の侵入を防ぐ跳ね橋や、小塔や城壁を備えた、中世の城だった。イギリスの僻地の断崖にあるべき建物が、なんとも場ちがいにもセディカーンの砂漠の真ん中に堂々とそびえていた。

「あの跳ね橋はなんのためにあるの?」リーサは唖然(あぜん)としてたずねた。「濠(ほり)もないのに」

クランシーの操縦する青と白のヘリコプターはホバリングしたあと、急降下して石敷きの中庭に降り立った。「この城はランス・ルビノフの華麗なる先祖が建てたものだ。故郷のタムロヴィアを懐かしむためにね」唇がうっすら笑いをつくった。「きっとその先祖はランスと気質がよく似ていたんだろう。計画として現実的とはいえないが、それをちっとも気にしなかったようだ」

「タムロヴィア？　バルカン半島の小さな王国のことね？」クランシーは以前、他の会話のなかで、アレックスのいとこだというランス・ルビノフ王子の名前を出したが、詳しい話にはならなかった。「ステファン王が治めているんでしょう。〈ナショナルジオグラフィック〉誌で何かの記事を読んだわ」

クランシーはうなずいた。「ステファンはランスの兄だ。タムロヴィアとセディカーンのあいだには数十年来の強い外交的な結びつきがあったが、アレックスの父とカリムの娘が結ばれてはじめて、両国に血縁が生じた」クランシーはエンジンを切り、ヘリコプターのドアをあけた。「ランスは、タムロヴィアよりセディカーンの空気のほうが肌に合うと感じて、妻のハニーとこっちに暮らすようになった。兄ステファンは権威を笠に着た尊大なやつらしい」

ランス・ルビノフのほうはちがうようだ。彼のことは、〈ナショナルジオグラフィック〉誌ではなくゴシップ記事で読んだ。結婚して身をかためるまでの彼は、スキャンダラスな恋愛や派手なお遊びでタブロイド紙の常連だったのだ。最近では芸術家としての評判がたち、アート欄のほうでより多く名前を見かけるようになった。「これはランスの城なの？」

「いや、ランスもときどき利用するが、実際にはセディカーンの所有物だ。ポーカーの勝負でアレックスの曾祖父の手にわたった」クランシーはリーサを庭の敷石の上におろした。「この古城を本気で気に入ってるのはキアラだけだが、彼女は今はタムロヴィアにいる」

「キアラ?」

「キアラ・ルビノフ姫。ランスの妹だ」クランシーは眉間にしわを寄せた。「一族の歴史は、このへんにしておかないか? ルビノフ王朝の話でもてなすために、ここに連れてきたんじゃないんだ」

「じゃあ、なんのため?」リーサはからかうように笑った。「今日の午後にマラセフに着いてから、ジョンにまた空港に送ってもらうまで、あなたとはずっと別行動だった。そのあとすぐに、ヘリでこのアイバンホーの城に連れてこられたのよ。はしゃぎたい気持ちにもなるでしょう」

「そういう反応を期待していたよ」クランシーは静かに言い、城のほうを指差した。「マラセフの社交の嵐のなかにきみを放りこむ前に、ここでふたりで数カ月すごそうかと考えているんだ。塔は象牙じゃないが、お姫さまの居場所にはうってつけだと思ってね。きみのために、そうしたかった」

その気持ちだけで胸が熱くなる。リーサの目に涙がこみあげてきた。「でも、わたしのお姫さま気質はもう消えたわ。今はただ、ひとりの女になりたいの」リーサはクランシーが言った言葉をくり返した。「気骨のある誇り高い女に」

「さっそく計画は失敗したってわけだ。長年戦場しか知らないような男が騎士を演じようとするとどうなるか、推して知るべしだな」

「失敗なんかじゃない。あなたの計画はとてもすてきよ」リーサは言った。「すごく気に入ったわ。お城を自由にできるなんて、女ならみんな憧れるでしょう? ただ、わたしにはもったいないわ。こんな贅沢なことをしてもらっても、それに応えられるかどうか」

「もったいないことはない」クランシーの指がそっとリーサの頬にふれた。「それに、王侯の気質がなくたってお姫さまにはなれる」彼はわざと困ったような顔をした。「近いうちにキアラに会わせてあげないとな。とにかく、大事なのはきみに喜んでもらうことだ」

「大喜びよ」リーサは衝動的につまさきだって、クランシーの頬にキスをした。「お城のべつの場所も早く見たいわ」

「あしたになったらひととおり案内しよう」クランシーはひじを取ってリーサをうながし、庭をつっきった。「まずはマーナを紹介して、それから夕食の時間まで着替えてさっぱりするといい」

「マーナって?」

「城の女中頭だ。もともとキアラの乳母をしていたが、タムロヴィアでちょっとまずいことになって、キアラがセディカーンにかっさらってきたんだ」

「まずいこと？」

「キアラにからんで、国をまたいだひと騒動があった。彼女が関係していたことを考えると、よくこの程度で問題がおさまったと思うね。マーナはキアラを守るためなら、人だって殺しかねない」

話の合間合間に出てくるキアラ・ルビノフに、リーサはしだいに興味を引かれていった。きっと、生き生きとした活発な人物にちがいない。

数分後にマーナ・デバックと引き合わされると、リーサの好奇心はますますつのった。この女性をどこかへ〝かっさらう〟光景はとても想像しがたいものがある。身長は靴を脱いでも百八十センチ以上ありそうで、分厚い胸とたくましい肩は女格闘家を思わせる。こぎれいな黒いワンピースはまるで不似合いだった。物に動じない年齢不詳の顔をして、黒いヘルメットのような、耳の下で切りそろえたおかっぱヘアをしていた。

握手をすると、大きな手がすっぽりとリーサの手をつつみこんだ。彼女はかすかに訛りのある英語で丁重な挨拶(あいさつ)をした。それからクランシーのほうを向き、一瞬、目にあたたかい表情をうかべた。「ミスター・ドナヒュー、すべて言われたとおりに準備してあります。夕食は一時間後では早いですか？」

「大丈夫だ、マーナ。突然のことなのに、いろいろと面倒を引き受けてくれて感謝しているよ」

「面倒じゃありませんよ」女中頭は肩をすくめた。「使用人たちにも仕事を分け与えました。数カ月前にキアラがここを出ていってから、お客さんが途絶えているのでね。怠け癖がついてしまいます」

「それはどうだか。きみが仕切っているんだ」クランシーはそっけなく言った。「みんな、恐れをなしている」

「ええ」黒い目が光った。「ミスター・ドナヒュー、あなたもご存じのとおり、そうあるべきなんです」リーサのほうを向いた。「お部屋にご案内します。お気に召すといいんですが。塔の部屋ですよ。ミスター・ドナヒューのご指示です」

リーサは笑いを嚙み殺した。彼はきっと、最後までこの路線でいくつもりにちがいない。

「すてきそうね」マーナが廊下をすたすたと歩いていったので、リーサは急いでクランシーに目をやった。「いっしょに来ないの?」

クランシーは首をふった。「一時間後に部屋に迎えにいって、食事の部屋に連れていくよ。何本か電話をかけないといけないんだ」

リーサの表情がくもった。「マーティンのこと?」

「わたしだってボールドウィンの仕事ばかりしているわけじゃない。大丈夫だ。またあらわれるにしても、こんなにすぐということはあり得ないだろう。もし来ても、わたしが守るよ」

だがそういうクランシーは、自分のことを守れるのだろうか？　あのマーケットの日、マーティンは恐ろしいほどの憎悪に満ちていた。リーサは考えをふりはらった。今夜は不幸なことを考えるのはやめよう。とても特別な夜なのだから。「ええ、あなたなら守ってくれる」クランシーに笑いかけた。「わたしはおとなしく部屋で待って、あなたに連れていかれます。この場所は広すぎるわ。ひとりじゃ迷子になって、そのまま消息不明になるかもしれない。このお城には、いったいいくつの部屋があるの？」

「三十二だ。使用人の区画をのぞいてね」

「そんなに。レディに城を差しだしたのなら、ちゃんと責任を持ってよね、クランシー。急がないと案内人を見失っちゃうわ」リーサは手をふり、マーナのあとを追った。

クランシーは、玄関広間の広い石の階段をあがっていくリーサを目で追った。動きはすばしこく、物腰は軽やかかつ優雅で、石壁のわびしい灰色を背景に、肌と髪の美しい色がくっきりとうきたっている。

クランシーはふいに独占欲を覚えた。唐突であると同時に、とても強い感情だった。今夜、リーサは自分のものとなる。幸運が味方すれば、ひと晩は永遠へと変わる。リーサの姿が見えなくなると、踵を返し、廊下を通って書斎へ向かった。数分後には、マラセフにいるガルブレイスを電話でつかまえることができた。「何か情報ははいったか?」

「噂さえ聞こえてきませんよ。バートホールドに電話して、ボールドウィンが島にもどってきていないか、念のためよく見張っているように伝えました。それからアメリカにいる仲間の情報員にも、気を引き締めろと連絡しておきました」ガルブレイスは少ししてつづけた。「でも、やつがふたたびあっちに姿をあらわすとは思っていないんでしょう?」

「そうだ。わたしの考えでは、ボールドウィンはおそらくサイドアババにはいり、テロリストの友人らと合流する。そこなら自分の身に危険はないとわかってるからな」クランシーの口調が荒くなった。「そしてセディカーンにいる連中のつてを頼れば、リーサの居所を突き止めるのはたいした手間じゃない。やつはその誘惑には勝てまい」

「だったら、おふたりはマラセフにいたほうがよかったんじゃないですか? 今いる場所は砂漠の真ん中で、孤立無援です」

「その逆だ。何もない砂漠にいれば、わずかな異変にもただちに気づく。マラセフのような立てこんだ場所じゃ、そうはいかない。あした、選り抜きの何人かをこっちに派遣してくれ。使用人になりすますように伝えるんだ。リーサには、この件についていっさい心配をかけたくない」

「今後ずっと、その場所にいるんですか?」

「ボールドウィンを捕まえるまでだ」それから少々皮肉な口調で言い足した。「ここで対決しなくてすむように、そっちで捕まえる努力をしてくれるとありがたい。無理な頼みじゃなければな」

「おたがい、ぴりぴりしてますね」ガルブレイスが軽い調子で言った。「サイドアババの国境を越える以外、どんなこともするようにしますよ」

「よし。ともかく、連絡は密にしろ」

クランシーは電話を切ったあと、しばらくのあいだ受話器をぼんやりと見つめた。たしかに、少しぴりぴりしている。ガルブレイスはボールドウィンを捕まえるのに、国境を越えてでもあらゆる手を尽くすだろう。それはわかっている。ただクランシーはリーサのことが心配で、気が気でないのだ。

腕時計に目をやり、急いでドアのほうへ向かった。さっきからもう十五分がたったが、リーサのところへいく前にシャワーをあびて着替えたかった。優雅なタキシードを着たところで、プリンセスにふさわしい華やかなナイトに化けられはしないだろうが、ともかくやってみる価値はあるだろう。

7

夕食が用意されていたのは玄関広間から見えた天井の高い大広間ではなく、小ぢんまりした楕円形の食堂だったので、リーサはほっとした。壁には時代とともに色あせた手のこんだタペストリーがかかり、銀のシャンデリアの揺らめく蠟燭の光が四方を照らしていた。部屋とおなじ楕円形をしたオークのテーブルは、蠟燭の明かりを受けて、年代を経たなめらかな艶を放っている。城全体が重厚な品格に満ちていて、過ぎ去りし往時をしのばせる。リーサは観察しながらそんなことを考えた。電気や効率的な水道といった現代の快適さが追加されているが、そうした設備が場所の雰囲気を壊すことのないように、配慮がいきとどいていた。

食事を担当したメイドはてきぱきとして手際がよかったが、ご馳走の鴨のオレンジソース添えをサーブしにテーブルをまわってくる様子は、少々緊張気味に見えた。リーサのプレイスマットにソースがわずかにはねると、娘は恐怖におののいて息を呑み、入口の左側につつましく控えるマーナ・デバックをあわてて見やった。マーナは眉をひそめた。娘はもう一度はっと息を呑んで、一目散に部屋を出ていった。

「いったい、どうしたんです？」リーサはたずねた。

「べつに、何も」マーナは肩をすくめた。「ぐずなメイドがもたついてすみません。厨房から他の娘を呼んできます」そう言うと、大柄な女性にしては意外なほどの優雅な物腰で、部屋を出ていった。

リーサはテーブルの向かいにすわるクランシーと目を合わせ、おかしそうに笑った。「ホテルのバーの主任も恐そうだったわ。でもモンティが眉をひそめただけでウェイターが真っ青になって部屋から走って逃げていく姿は、見かけなかった」

「モンティは魔法や呪術の力があるとされるジプシーじゃない」クランシーはそっけなく言った。「下で働くウェイターたちは、仕事の心配だけしていればいいんだ」

「彼女はジプシーなの？」

「正真正銘、本物のジプシーだ」クランシーはにやりと笑った。「タムロヴィアにはいくつかの部族がいて、それぞれ地方を幌馬車で移動しながら暮らしている。マーナはなかでも有力な部族の出身だ」

「でも、どうしてジプシーの女性が王族の娘の乳母になれたの？」

「伝統だ。かつてジプシーは大変な魔術的な力を持つと信じられていて、ジプシーをひとり、子どもの世話につけるのが縁起のいいこととされてきたんだ。マーナの部族では、代々選ばれた者を王室に送って仕えさせるのが慣わしだった。不幸なことに、国王両陛下はキアラが生まれたときに、マーナをその役に任ずるというミスをおかしてしまった」

「どうして不幸なの?」

「マーナの奔放なジプシーの哲学とキアラの気性が合わさったら、それこそ火に油をそそぐようなものだ」クランシーはワイングラスを手に取った。「爆発はまぬがれない」

「それは見ものね」リーサはつぶやいた。

「ダイナマイトで遊ぶのが好きならね」クランシーは笑顔をうかべた。「わたし自身は、もっと平和的な娯楽のほうが好きだ。たぶんまだ言ってなかったが、今夜のきみはとてもすてきだよ。そのカフタンがいい」

「ええ、わたしも気に入っているわ」リーサは身ごろの部分の、ピーチ色の錦織にふれた。この色は髪と瞳を引き立ててくれるし、豪華な材質はいつでも気分をうきうきさせる。「でも、こういう衣裳は、ここのお城よりアラブの宮殿のほうが似合うわね」

「さあ、どうかな。勝手な想像だが、十字軍に参加した騎士たちの大勢が、自分の妻や恋人にそういう豪華な衣裳を持ち帰っただろうね」

「考えてもみなかった」というより、情けないことにリーサは、どんなこともきちんと考えられなくなっていた。緊張して手のひらに汗までかいている。十代のうぶな娘なみのどん臭さだ。こんなことなら、午後の飛行機のなかでクランシーを最後まで誘惑するべきだった。あのときはまったくの自然体で、情熱のままに行動できていた。その後、今夜がリーサにとってどれだけ重要な晩になるか考える時間があったせいで、今ではすっかり神経過敏に陥っている。

「また食が進んでないな」クランシーの目はおかしそうに光っていた。「マーナをがっかりさせちゃまずいぞ。悪い呪いをかけられるかもしれない」

「そのためにわたしをここに連れてきたの？　あなたやガルブレイスができなかったことを達成するために？」

クランシーはおとなしくなった。「ここに連れてきた理由は知ってるだろう」抑えた口調で言った。「きみのその食欲とはなんの関係もない」

急に胸が締めつけられて、息苦しくなった。クランシーの瞳に蠟燭の炎が映っているが、目が熱く燃えて見えるのは、そのせいではなさそうだ。部屋の空気が張りつめ、赤裸々な欲望が渦巻いているのがはっきりと感じられる。なぜわたしたちは、こんなふうにおとなしくすわって、お行儀のいいふりをしているのだろう？　ふたりとも、たがいの腕で抱きしめられたいとそれだけを思っているのに。リーサは唾を吞みこんだ。「あなただって、あまり食べてないみたいじゃない。マーナの怒りを買う危険を冒して、もう食事は終わりということにする?」

クランシーはナプキンをテーブルに投げて立ちあがった。「マーナが厨房からもどってくる前に、ここを出られればね」クランシーは早くもテーブルをまわって、リーサを引き起こした。「いこう!」

ふたりはいたずらっ子のように部屋から逃げだしたが、すぐに廊下でマーナと鉢合わせになった。ぎゅっと踏ん張って横滑りしながら止まった。

「デザートはいらないんですか?」女中頭は片眉をあげた。

クランシーは首をふった。「ミス・ランドンは風にあたりたがっている。胸壁のところまであがって、ちょっと歩こうかと思ってね」

マーナの唇に、ごくかすかに笑いがうかんだ。「欲求はその場で対処するのがつねに最善のやり方です。そうでないと身体に毒ですから。おやすみなさい、ミスター・ドナヒュー」

リーサは去っていくマーナのうしろ姿をしばし見ていた。「マーナは本当に魔女なのかもしれない。今言った言葉には二重の意味があったわ」

「今のわれわれが相手なら、超能力者でなくても心が読めるさ。きっと顔に書いてあるから……」クランシーはにやりと笑った。「しかしだからといって、彼女が心を見透かしたのではないとは言わないよ」リーサの手を引いて階段をあがっていった。踊り場まで来たところで、クランシーは急に眉をひそめてふり返った。「いきたかったか?」

リーサは目を丸くした。「どこへ?」

「胸壁だよ。ことを急いていると思われたくはないからね。それにきっと、月明かりをあびての散策もロマンチックだ」

リーサはいらだちと、あふれる優しさをこめてクランシーを見た。「クランシー、あなたはもう十分にやってくれたわ。女が憧れるすべてを与えてくれた。ねえ、お願いだからいい加減にベッドに連れていって」

クランシーの表情がゆっくりと明るくなって、笑顔になった。「まだ言ってなかったと思うが、わたしは積極的な女性をとても尊敬するんだ。ああ、ベッドに連れていこうじゃないか」

クランシーが階段の残りをものすごい速さで追いたてるので、リーサは笑いでむせそうになった。階段をあがりきると、クランシーはリーサを腕に抱きかかえて廊下を颯爽と歩いた。

「ロマンチックな演出の最後のひとつだ。本当は『風と共に去りぬ』のレット・バトラーみたいに、抱いたまま階段をあがりたかったが、それよりも、上についたときにわたしがちゃんと機能するほうが、ありがたがられると思ってね」

廊下の一番奥の部屋のドアをあけると、そこはリーサの寝室とよく似た広い部屋だった。白く細長い蠟燭を挿したクリスタルの燭台がところどころにおいてあり、壁に火影が躍っている。その壁をおおう渋い色合いのタペストリー、石の床に敷いたオービュッソン絨毯、部屋の奥にある大きな天蓋のついたベッド、そうしたものがぼんやりと目に映った。

「ロマンチックがすべてじゃない」クランシーはリーサを床に立たせ、足で蹴ってドアを閉めた。「こういう状況じゃスタミナもとても大事だ」

「クランシー……」リーサはもどかしい思いで彼のことを見た。どうしてクランシーは自分のすばらしさに気づかないのだろう？「ロマンチックなことをする必要なんてなかったのよ。あなた自身がロマンチックだから。ハンサムで勇敢で知性があって」

「それにセクシーで？」クランシーは大真面目に言った。

「それにセクシーで」リーサはうなずいた。「ほんと、とってもセクシーよ」

「言ってみただけだ。きみが全部の長所をちゃんとわかってくれているか、たしかめたかったんだ」クランシーはいきなりリーサを抱きしめて髪に顔をうずめてきた。「ああ、ここまで来られるとは思っていなかった」リーサの背中を夢中になってさすった。唇がリーサの耳に、こめかみに、頬に、そっと熱いキスをあびせる。「十年も待ちに待って、やっとたどりついたような心境だ」

彼の硬い筋肉のこわばりが肌に感じられたが、もっともっと、クランシーと密着したかった。リーサは身体をくっつけて、彼の腰にくねるように身を押しつけた。クランシーが息を吸いこんだ。心臓が激しく打っていて、白いドレスシャツの上からでもそれがわかる。

ふいに舌が耳に侵入してきて、リーサは見えない紐で引っぱられたように身をのけぞらせ、喉の奥でうめいた。

「脱いでくれ」クランシーが言った。「裸にしたい」動揺する手で髪をうしろで留めたバレッタをはずし、落ちてきた毛を梳いて、つややかな雲のように背中に垂らした。

「クランシー、そのバレッタは身体をあまりおおってなかったわ」リーサは緊張した笑いをもらした。「ちょっとのあいだ解放してくれたら、そのつづきを自分でやるけど」

密着しているクランシーの腰がゆっくりと動いて悩ましくくねり、手で尻をつかんでリーサをさらに自分に引き寄せた。たがいの下半身がひとつにくっついていて、呼吸のたびに彼の興奮の熱が伝わってくる。「はなしたくないよ」クランシーは言った。こめかみに何度も頬をすりつける彼の、荒くかすれた息遣いが聞こえる。「急ぐんだ。頼むから早く」

急かされる必要はなかった。クランシーの腕から出されると、ひとつだったものが手術のメスで切られたような、痛いほどの喪失感におそわれた。早くもとにもどらなければ、どうにかなってしまう。

リーサは大急ぎでカフタンを頭から脱ぎ、靴と下着もあわただしく脱ぎ捨てた。それから彼の腕のなかにもどると、素肌に裸の肌がふれてはっとした。クランシーも待ちきれず、リーサと先を争うように服を脱いでいたのだ。

「クランシー……」リーサはクランシーの肩に爪を立て、身体を合わせて甘い官能的な感触をあじわった。

やわらかな胸毛が敏感な乳房をなでる。太ももの硬い筋骨はがっちりとして不動で、その抑えられた力が淫らな興奮をあおった。リーサの身体が動くたびに、クランシーからあえぎのような小さな吐息がもれる。リーサもあえいでいた。息を吐くごとに肌と肌が新たにふれあって、快感が走る。クランシーの左ももがじりじりと脚のあいだにはいってきて、彼は毛でうっすらおおわれた隆々とした筋肉を、やわらかな肌に押しつけてきた。

リーサは歯を食いしばって声を押し殺した。そうでもしないと、叫びだしそうだった。熱。欲望。クランシーの太ももがリーサの女の部分に軽くふれ、先走った野性のリズムで動きだし、リーサも我を失いそうになった。「だめ」リーサはささやいた。「これ以上だめよ、クランシー」

クランシーは荒っぽくうなずいた。「ああ、そうだな」胸が激しい息遣いで大きく上下している。「いこう」彼は半ば引きずるようにして、リーサを部屋の奥にあるベッドに導いた。

ベッドまで来るとカバーをはぐ手間も惜しんで、リーサをサテンの冷たい表面に押し倒した。目をけぶらせながら自分も無我夢中にベッドにあがって、リーサの脚のあいだに身体をねじこんだ。「準備はいいな？　頼むからそうであってくれ」クランシーは返事も待たずに、苦しそうな低い声とともに深く腰をしずめた。炎があがり、満たされ、そして飢えがおそう。ものすごい飢えがふたりを呑みこんでいた。貪欲にむさぼっては満たされをくり返すクランシーからさえ、その飢えが伝わってくる。リーサの欲望も満足することを知らないようだった。

強く激しく突かれるたびに身体のすみずみまで痙攣が走り、身体がどうしようもなくのけぞった。熱く濡れたなめらかな運動。リーサは無意識に力をこめて、クランシーの肩に爪を立てていた。おおいかぶさるクランシーの顔にも飢えと快感の色が濃くあらわれ、その表情は行為におとらず野性的で、興奮をそそった。胴体の筋肉は切れてしまいそうに張りつめている。

どれだけのあいだ快感に酔いしれていたのだろう。めくるめく火花をちらす興奮はますますつのっていって、これ以上、もう一分たりとも耐えられそうになかった。頭がサテンのシーツの上で上下にこすれ、髪は奔放に激しく乱れた。というより、リーサ自身が激しく奔放に乱れ……。

なかにいるクランシーがいっそう強く腰を動かした。突き、腰をくねり、それ以上ないと思ったさらに奥へと深く分け入ってくる。絶頂にのぼりつめたそのとき、リーサの口から悲鳴がもれ、張りつめていたものが虹色に光り輝く破片となって砕け散った。

まるでクランシー本人から引き裂かれたような荒々しいあえぎ声が上から聞こえ、つぎの瞬間には、彼の巨体がずっしりとのしかかってきた。クランシーはリーサを守るように夢中で両腕をまわしてきたが、その様子にはリーサがこれまで経験したことのないほどの、愛情深い独占欲が感じられた。クランシーをここまでの我を忘れるほどの激しい快感に導いたのは、リーサなのだ。リーサの肉体がクランシーの飢えを満たし、そして、満足に打ち震えさせたのだ。そのことは、たった今経験した官能の高みにも負けないくらい、すばらしいことだった。

クランシーはまだ荒い息遣いをしていたが、胸の鼓動はだんだん落ち着いてきていた。

「リーサ……」妙につまった声だった。「すまない」

幸福感につつまれていたリーサに衝撃が走った。「すまない？　いったい何を謝っているの？」

「わかってるだろう」自己嫌悪の声で言って、リーサの上から横にどいた。「さっきしないと約束したそのままのことをしてしまった。相手のことはお構いなしに、ただやって、ありがとさんと言って終わりだ。一夜の相手に呼んだコールガールと寝ているみたいに」

困ったものだ。自分のレディにはこうあるべきという思いこみができていて、彼のそのロマンチックな幻想を捨てさせなければ、今後、面倒なことになるにちがいない。リーサは身体を起こして顔から髪をはらい、クランシーのほうを向いた。「本物のロマンチックな男は何をするか知ってる、クランシー？　女が望むものを与えるの」リーサはクランシーを見おろして笑った。「断言するけれど、今あなたがしたのは、まさしくそのことよ。わたしが望んでいたのは、ただやることで、それに、心からありがとさんって言われたら、それはそれで悪いことじゃないでしょう。わたし自身は、あなたに対して感謝の気持ちでいっぱいよ」優しくささやくように声を落とした。「すてきだったわ。ありがとう、クランシー・ドナヒュー」

クランシーはリーサの顔をさぐるように見ていたが、やがて自分のほうへリーサを寄せて、この上なく優しいキスをした。リーサは胸が締めつけられ、涙がこみあげてきたほどだった。「どういたしまして」彼はうなるように言い、ふたたび黙りこんだ。「どんな言葉で表現していいかわからない。今あったことは……」クランシーはお手上げだとばかりに肩をすくめ、もう一度言った。「表現する言葉がないんだ」

「だったら、言わなければいいでしょう」リーサは身体をすり寄せ、肩のくぼみに頭をのせて満足そうに胸毛を指でもてあそんだ。「言う必要はないわ。あなたの身体がとても雄弁に語っているから」

おかしそうな笑い声がリーサの耳の下から響いてきた。「どのコミュニケーション方法がきみの好みか、今後忘れないようにしないとな」クランシーの唇が頭のてっぺんにそっとふれた。「少し眠るといい、リーサ。そのあとで、新しい方法をいろいろと極めてみようじゃないか」

胸のてっぺんに何かがごく軽くこすれ、あたたかく湿ったものがふれて、やがて引っぱられる感覚があった。何もかもがそっと心地よくて、気だるくて、絶妙だった。眠い目をあけると、リーサの胸の上にはクランシーの黒い頭があって、リーサは満たされた気分で笑いをこぼした。

クランシーの頭があがり、彼も微笑みをうかべた。「やあ」クランシーが優しく言った。これまで愛撫を受けていた丸いふくらみの上に、彼の手がのった。「きみの胸はすばらしい。そのことは言ったかな？」

「そうした話題が出た記憶はないけど、わたしの身体の一部がお眼鏡にかなったようで、嬉しいわ。このごろはずっと、痩せすぎだってことばかり言われていたから」

「このおいしそうなものはまったく瘦せてない」舌がふたたびピンク色の先端を愛撫した。その手がみぞおちから下腹のほうへおりていって、優しくもみはじめた。「だが腰幅が狭くて、胴まわりがやたら細い」クランシーは眉をひそめた。「子どもを生むのは大変じゃないのか?」

リーサは驚いて身をこわばらせた。すっかり忘れていたが、この甘い快楽にも目的があったのだ。今夜の結果として子どもを授かることだってある。静かな喜びが全身をつつみこんだ。「トミーのときは平気だった。重要なのは骨盤のサイズよ」

クランシーはしかめた顔はそのままに、手をおろしていって脚のつけ根のカールした毛の上においた。「わたしはこのとおり、ばかでかい。ふたりの子はきっと――」

リーサは手を伸ばし、指でクランシーの唇を押さえた。「黙って。大丈夫だから。出産の具体的な過程についてはわたしが心配するわ。あなたはこのプロジェクトの自分の役割に専念してくれればいいから」

クランシーは口をあけて、上にのったリーサの手の指をくわえた。「それは、あまり難しいことじゃない。というより、きみが近くにいると、それ以外のことを考えていられなくなる」いきなりクランシーは頬をお腹の上にのせて、愛情たっぷりに前後にこすりつけた。薄い皮膚に、伸びてきたひげのざらざらとした感触がする。それが刺激となって急に脚のあいだが熱くうずき、リーサは自分でも驚いた。もうその気に？　クランシーが少しくぐもった声で言った。「後悔してないか？　気は変わらないか？」

「気が変わったとしても、もう遅いでしょう」彼の髪に指をからめた。「いいえ、後悔はしていない。すばらしかったわ、クランシー」

クランシーの唇がリーサを愛撫する。「わたしにとってもだ。子作りがこれほど楽しいというのは、非常に好都合だな。このプロジェクトに一生懸命に励むよ」指がリーサの太もものあいだをさまよい、のんびりとなではじめた。「朝に、昼に、夜に」リーサは息をもらした。いきなり指が奥へ侵入してきたのだ。「もちろん、その合間にも」

「自分の仕事のほうは？」弱々しい声で質問した。指がリーサのなかでのんびりリズミカルに動いていて、背中がどうしてもそってしまう。

「しばらくは休暇をとれる。このプロジェクトに全エネルギーをそそぐのが、今の自分の役割だと感じているよ」ふいにクランシーは上になり、一度の力強い動きでリーサのなかにはいった。「物事にはつねに考慮すべき優先順位がある」そう言って見おろすクランシーの顔には、もはやのんびりしたところはなかった。予想どおりの欲情に駆られた面持ちをしていたが、それと同時に真剣な表情が垣間見えて、リーサは驚いた。「きみはその順位のトップにいるんだ、リーサ」クランシーは身をのりだして、そっとキスをした。「どんなときも」

そう言うと、クランシーは腰を動かしはじめ、リーサはすべてを忘れて、彼が張りめぐらそうとしている情熱の網に身をゆだねた。

「どこへいくんだ?」

リーサはカフタンを腰のあたりに巻きつけて、靴に足を入れた。「起こすつもりはなかったの。ちょっと自分の部屋にもどって、朝食前にシャワーをあびて着替えようと思って。あなたがわたしをベッドにさらおうと決心したとき――」リーサはウィンクをした。「ついにそう決心したとき――わたしのほうは、じつはまだちゃんと準備が整っていなかったの」

「そんなはずはないだろう。こっちはがんばってロマンチックな男を演出してたんだ。見境なく行動したわけじゃなくてね」クランシーは頭の下で腕を組み、のんびり枕にもたれた。「だがもうそれはやめて、サテュロスになることに決めたよ。精神的にも肉体的にも、あの半人半獣の神のほうが自分にぴったりだと発見したんだ。ベッドにもどってくれ、リーサ。その役の練習がしたい」

リーサはわずかに茶化すように眉をあげた。「ゆうべでまだ懲(こ)りてないの?」情熱にまかせて何度結ばれたのか、ふたりとも数えていなかった。その情熱はどうやら消えることを知らず、リーサは今でも言われたとおり彼の腕にもどりたい誘惑に駆られた。「朝食のあと、あらためて話し合いましょう。あなたがどんどんしぼんでいって、抜け殻みたいになったら嫌だわ」部屋を歩いていってドアをあけた。「一時間後に食堂で」リーサはドアを閉めようとしたが、驚いて手を止めた。「これはいったい、なんなの？」小さな革の袋を取って、かかげてみせた。「こんなものがドアノブにかかってたわ」

クランシーは小袋をひと目見て、口をまげて笑った。「マーナだ。まじないみたいなもんだ。キアラの部屋のドアにも、たまにかかっているのを見たよ」

リーサは袋を鼻のところに持ちあげて、試しににおいをかいだ。「にんにくのにおいはしないから、吸血鬼の危機が迫っているんじゃなさそうね。なんなのかしら」

「さあね。本人のところに聞きにいったらどうだ。わたしはどっちみち、朝食前にアレックスに電話しないといけない」

「わたしが聞くの？　だってあなたの部屋のドアにかかってたのよ。わたしには関係のないことだって、マーナにあしらわれるかもしれないわ」

「それはないだろう。マーナは不気味な能力を持っていて、自分のまわりで何が起こっているかわかるんだ。ゆうべきみがこの部屋にいたことは、まちがいなく知っているよ」表情が真面目になった。「ゆうべだけで終わってほしくないな。最近では、男女で寝室を共有しないのがしゃれているらしいが、わたしとしては、できればこっちの部屋に移ってきてもらいたい」それから、ぞんざいにつけたした。「じゃまにならないように気をつける」

「わたしもそのほうがいいわ。じゃあ、朝食がすんだら、さっそく荷物をまとめてこっちに運ぶことにしましょう」

「塔は恋しくないかい、姫ぎみ？　一度贈ったものを奪い返すような真似はしたくない。あの部屋には一時間もいなかっただろう」

「全然恋しくないわ。どっちみち、塔みたいな場所はわたしには淋しすぎるって昔に気づいたの」リーサは投げキッスをして扉を閉めた。

　リーサはうきうきした気分同様に足取りも軽く、弾(はず)むように廊下を歩いていった。あとはこの迷路のような場所で、自分の部屋をうまくさがしあてられれば最高だ。ゆうべクランシーがレット・バトラーを演じていたときには、自分たちがどこに向かっているのか全然気にしていなかった。というより、クランシー以外まったく目にはいっていなかった。

　まがりくねった廊下をいくつも進みながら、一度迷っただけで正しい区画にたどりつくことができた。今度建物のこのエリアに足を踏み入れるときには、おとぎ話の子どもたちのように、パンくずを点々と落としておいたほうがいい。ただし、ぴかぴかの廊下にパンくずを落としては、マーナはきっといい顔をしないだろう。あのジプシーの女中頭はリーサの部屋のドアに吸血鬼よけではなく、吸血鬼を呼び寄せるまじないをつるすにちがいない。

自分の部屋のドアをあけ、服を取りにすぐにクローゼットに向かった。そこでリーサは立ち尽くし、ぼう然として眉をひそめた。中身がほぼからっぽになっていたのだ。パイル地のローブとブラウス、パンツがそれぞれ一枚ずつ、クッション入りのハンガーにかけてつってあるだけだった。他の服はどこへいってしまったのだろう？　昨日、夕食前に着替えるときに荷物をといて、全部クローゼットにかけておいたはずだった。

ローブをハンガーからはずして、今度はチェストのほうへいった。下着一組が引き出しにぽつんとはいっていた。他はすべて消えている。部屋のバスルームにいくと、化粧品と洗面道具が前のまま洗面台においてあった。だれがリーサの所持品をよそへ移したのかは知らないが、慎重に選別したことがうかがえる。マーナだろうか？　彼女の許可なしに他のメイドがリーサの私物に手をふれるとは思えない。マーナが全員をきびしく監督しているのだから。どうやらあの女中頭とは、まじない以外のことについても話し合わないといけないらしい。

シャワーと着替えをすますと、リーサはさっそくその話し合いのためにマーナをさがしに出かけた。厨房までいってようやく姿を見つけたが、その厨房というのは城の地下の流し場を改造したものだった。マーナは最新の電子レンジの横に立ち、白い服の少年と声を落として話をしていた。

リーサが近づいていくと、マーナは無表情な顔でふり返った。「朝食はあと二十分で用意できます。何か特別なご要望がありますか？」

「いいえ、どんなものでも結構よ。ただ、ちょっと――」

「こちらはハサンです、ミス・ランドン」マーナはそう言うと、少年に驚くほどあたたかな笑顔を向けた。「この子がコックです。ゆうべの食事を担当しました」

「すばらしい料理だったわ、ハサン。とてもおいしくいただきました」リーサは女中頭のほうを向いた。「ミス・デバック、少し話がしたいのだけど」

「マーナと呼んでください」彼女は訂正し、レンジからふり返った。「ここでの用事はすみましたから、上にいきましょう」マーナは最後にもう一度コックに短く笑いかけ、リーサをしたがえて流し場を通り抜け、石の螺旋階段をあがっていって広い廊下に出た。「ハサンは理解力のある立派な少年ですよ。他のチッカとはちがいます」

「チッカ？」

「ばかという意味です。タムロヴィアの言葉です。チッカたちは、自分に理解できないことをなんでも怖がるんです」

「わたしもいろいろわからないことがあって、あなたに説明していただきたいと思っているの」

「でも、あなたは質問することを恐れないでしょう。ああいうチッカたちは、聞けばすむものをすぐに逃げ隠れするんです。我慢なりませんよ。ゆうべ夕食のお世話についた、のろまな娘を憶えているでしょう」リーサがうなずくと、マーナは顔をしかめて話をつづけた。「あのあとすぐに話をしようと思ったら、そのライアはもう逃げたあとでしたよ。村に帰ります、ここへはもどる気はありません、と伝言だけ残してね。どうしてそんなことをするんだと思います？」

「あなたに叱られるのを怖がっているようだったわね」リーサは少ししてつけくわえた。「それに、あなたは自分のイメージを楽しんでいるというような印象を強く受けたわ」

マーナの黒い瞳に、不本意だが相手を認めるといったような表情が一瞬よぎった。「そのとおりです」肩をすくめて言った。「ああいうチッカにはもううんざりですよ。向こうが怖がるんなら、こっちも少々けしかけてやったっていいでしょう」マーナは顔をしかめた。「ただし、ちょっとですよ。ライアはここでそこそこの給金を受け取っていて、仕事を失うと困るんです。午前中のうちに村にいって連れ戻してこないと」

厳しそうな外見の下には優しいところもあるようだ。「彼女を追いかける前に、ちょっと質問してもいいかしら？」

マーナは無表情な顔でリーサを見た。「もちろんです。何が知りたいんです？　タロットカードを持ってきますか？」

リーサは啞然として口をあけた。この婦人は自分に超能力があると信じているのだ！

「いいえ、その必要はないでしょう。わたしの質問には水晶玉がなくてもこたえられるわ。わたしの服はどこにあるの？」

「今ごろはミスター・ドナヒューの部屋でしょう。ゆうべメイドに命じて、服を下に持ってきて、アイロンをかけて整えさせたんです。今朝、そのままミスター・ドナヒューの部屋へ運ばせました」マーナは渋い顔をした。「不手際があったとしたら、わたしに言ってください。あの娘もチッカなもので」

その言葉はこの女性のお気に入りなのだろう、とリーサは思った。「でも、どうしてそんなことを？」

「あなたはミスター・ドナヒューの寝室に泊まりたいとお思いです」マーナはあっさり言った。「ミスター・ドナヒューもそれを望んでいます。ご自分で荷物をまとめる必要はなかったということです。わたしが代わりにやっておきました」

「でも、あなたはどうして――」リーサはすっかり動揺して言葉を失った。部屋を移ることについては、今朝になるまでまったく考えさえしなかったのに、マーナはゆうべのうちに準備を進めていたのだ。

「部屋を移るおつもりだったんでしょう？」

「ええ、でも――」

「でしたら、すぐにメイドをやって、塔のお部屋に残っているものを運ばせます」マーナは背を向けて流し場のほうへもどりかけた。「あなたのしていることは正しいんですよ。ミスター・ドナヒューはディセクです。きっとすばらしい、強い男の子が生まれます」

「ディセク？」リーサはぼう然とくり返した。まるで竜巻に巻きこまれてしまったような気分だった。

「ディセクというのは、とびきりのなかでもとびきりの人物。力と強さを備えた人のことです」マーナは説明した。「キアラがタムロヴィアからわたしをこっそり連れだそうとしたとき、ミスター・ドナヒューが手を貸してくれたんですが、その話はお聞きになりましたか？」

「話してもらってないわ」

　マーナはうなずいた。「あのチッカのステファンは自分が一枚上手だと信じてたけれど、キアラとミスター・ドナヒューがまんまと出し抜いたんです」

「国王のステファン？」マーナにかかると、チッカなのはびくついた使用人たちだけではないらしい。

「キアラの兄上です」マーナはうなずいて言った。

「ステファンはディセクじゃないの？」

マーナは力強く首をふった。

「なるほど、わかったわ」じつはわかっていなかったが、これ以上つっこんで話を聞けば、ますます頭が混乱しそうな気がした。「じゃあ、助けてくれたクランシーにはとても感謝しているんでしょうね」

「もちろんですよ。でなけりゃ、どうしてナサルをつくってドアにかけたりしますか」

ナサル。パンツのポケットに手を入れて、革の小袋を取りだした。「これがナサル？」

マーナは満足そうにうなずいた。「これまでわたしがつくったなかで、一番強力なナサルですよ」

「ナサルというのは、具体的にどんな効き目があるものなの？」リーサは不安になって聞いた。

「どんなって、あなたの願いが叶うんです」マーナは向きを変えて、リーサのところまでもどってきた。「ふれてもいいですか？」

リーサは戸惑いながらうなずいた。

マーナは大きな手をリーサの腹において、目を閉じた。ほんの一瞬の出来事で、手はすぐにどけられ、マーナはうしろをふり返っていた。「なんの問題もありません。思ったとおりです。とっても強力なナサルですから」

「質問にちゃんとこたえてもらってないわ」リーサはいらいらして自棄を起こしそうだった。

「ナサルにはどんな効果があるの?」

「それは多産のお守りです」マーナは落ち着きはらって言うと、廊下をすべるように歩いていった。「おふたりとも子どもをほしがっておいででしたが、無事に授かりましたよ。立派な男の子で、お父さんとおなじようなディセクに育ちます」肩ごしにふり返った。「でも今後は、ゆうべよりもたくさん食べるようにしないといけませんよ。あなたがそんな瘦せっぽっちじゃ、お腹の子にとってよくありません」

マーナが去ってドアが閉まった。マーナにまで食の細さについて小言を言われるなんて。もし彼女を満足させられなければ、食欲増進のまじないでもかけられるのだろうか? まったく、ばかばかしいにもほどがある。けれども、ああ断言したときのマーナはやけに堂々として、自信たっぷりだった。それに彼女は、リーサたちが子どもをほしがっている事実をどうして知り得たのだろう?

冷静になろうと頭をふったが、あまり効果はなかった。依然として、おとぎの国に連れてこられたような感じがぬぐえなかった。

「どうした?」ふり返ると、クランシーが廊下の先の書斎から出てきたところだった。「気分が悪いのか？」

「なんともいえないわ。今までマーナと話していたの。今はどっちが上でどっちが下かも、わからなくなってる」

小さな笑みがクランシーの唇にうかんだ。「聞くまでもなかったな。どちらかといえば普通の反応だよ。例のまじないの目的は判明したかい」

リーサはうなずいた。「あなたはプロジェクトのためにそこまで奮闘する必要はなさそうよ。マーナが抜かりなく準備してくれたから」小袋を上にあげた。「多産のお守りですって」

クランシーはおかしそうに笑った。「そうだろうと思ったよ」

「だったらどうして教えてくれなかったの」リーサは文句を言った。

「マーナのことはどうにも説明できないからね。実体験して知るしかない。だから、これがきみにとって一番の早道だと思った」

「ええ、存分に体験させてもらったわ。ほんと、不思議な人ね」少しためらいつつ言った。「どう思う？　このお守りには何かが宿っていると思う？」リーサは頭に手をあててうめいた。「ねえ、真面目な話よ――マーナのせいで、わたしもこれを信じかけているの。わたしまで変になっちゃったんだわ」

クランシーの表情は思いやりに満ちていた。「わたしは長い人生経験から、その手の霊力が存在する可能性を否定しなくなったし、それにマーナがとても印象深い奇跡を起こしたのを、何度か見ている。本当のことはわからないよ」

リーサはさっきマーナが手をおいた腹部を無意識にさわった。マーナの言ったことは正しくて、早くも自分のなかで子どもの種が育っているということは、あり得るのだろうか？

「男の子」リーサは小声で言った。

「なんだって？」

「マーナが言うには、おまじないが効いて、わたしはあなたの息子を宿してるんですって」

クランシーは言葉を失った。彼の顔には永遠に心に刻みたいと思えるような、なんとも美しい表情がうかんでいた。

「マーナの勘ちがいかもしれない」リーサはささやいた。「だって、わかるはずないでしょう？」

クランシーはふたりのあいだの距離をつめ、リーサのあごを持って顔をあげて目をのぞきこんだ。クランシー自身の瞳にはなおも感嘆がうかんでいて、リーサはこみあげる思いで胸がつまった。やがて、クランシーは極上の優しさをこめて唇を重ねた。「もちろん、子作りの試みはやめないよ。あんな楽しく有意義な営みはないからね」クランシーはハスキーな声で笑った。「むしろ、努力を倍増すべきだ。きみも言ったとおり、マーナにわかるはずはないんだ」

クランシーはもう一度キスをして、ゆうべ食事をした小さな部屋にリーサを導いた。「朝飯だ」彼はきっぱりと言った。「きみも、もう少し食べる量を増やしたらどうだ。マーナが正しかった場合に備えて」

「マーナにも言われたわ」リーサはため息まじりに言った。「ガルブレイスがいなくてよかった。おかげさまで、ここにいるふたりだけを満足させればいいわけだから」

「きっと、ふたりで十分だろうよ」

リーサは食堂に連れていかれながら、むっつりした顔でうなずいた。世話焼きのジプシーの魔女と、独占欲のかたまりのクランシー・ドナヒューのような人たちの企みに抗うのは、どんな女にとっても至難の業(わざ)にちがいない。

8

「またミルクなの」リーサはマーナが運んできたトレイにのった、水滴のついたグラスを不快そうに見やった。「ライアにいらないと断わったのに」

「だからライアに頼まないで、わたしがこうしてもう一度持ってあがってきたんです」マーナは平然と言った。「あなたが聞き分けがなくなっているところへ、またこの胸壁まであの娘を送り返すんじゃ可哀想でしょう。飲まなきゃいけないのは、ご自分でもわかっているはずですよ」マーナは反対の手に持っていた、つばの大きな麦藁(むぎわら)帽子を差しだした。「それにこれも。日光と新鮮な空気は身体にいいでしょうけど、肌を守らないと」

リーサは帽子を受け取った。「ミルクは好きじゃないの。太陽をあびて、ありとあらゆる栄養補助剤を摂(と)ってるでしょう。鉄分に、各種ビタミンに、カルシウム。この上ミルクは必要ないわ」リーサはふんわりしたチュニックの上から、ふくらんだお腹を見た。「たぶん息子はビタミン中毒になってるわね」つい、また言ってしまった。マーナがいつも男の子だと決めつけて話をするので、リーサにもそれがうつってしまったのだ。

「医者が言うには、ミルクには――」

「はいはい、わかりました」リーサは帽子を頭に押しあて、ミルクを取って一気に飲み干し、グラスを盆にもどした。「これで満足？」

マーナはうなずいた。「いらいらしちゃだめです。お腹の子に――」

「よくないって言うんでしょう」リーサはうんざりして言った。「わかってるわよ、マーナ」

いつもはこうしてうるさく世話を焼かれても、もっとおおらかな気持ちでいられるのだが、今日は気が立っていた。クランシーが留守にすることに慣れていないのだ。クランシーはこの四カ月半のあいだ、半日ほどマラセフへいって帰ってくることはあっても、それ以外に城をあけることがまったくなかった。

昨日の朝、アレックスからの電話でクランシーは都に呼びだされ、リーサは彼の不在がひと晩でなくひと月であるかのように気落ちした。こうして胸壁のところに日光浴に出ているのも、それが理由だった。鷹の止まり木のようなこの場所からは、数キロ四方をくまなく見渡せ、クランシーのヘリコプターが地平線にあらわれれば、すぐに見つけることができる。

こんなに首を長くして、まるで子どもみたいだ、とリーサは思った。マーティンはときどきまとめて数カ月ほど家を留守にしたが、こういう淋しい気持ちになったことは一度もなかった。もっともあのときは、本当に愛しているのではなかったのだ。今は、たまに自分でも信じられなくなるほどの強い愛情を感じている。クランシーへの愛が長続きしないかもしれないと心配していた自分が、もはや嘘のようだった。今感じている彼への愛情や情熱にくらべれば、一大決心をしたあの晩に知った感情が小さなものに感じられる。

クランシーがリーサにとってこれほど大きな存在になっているという事実をなぜ彼本人に伝えないのか、自分でもわからない。いや、ちがう。それは嘘だ。自分には正直でいなければ。なぜ伝えないかはわかっている。ものすごく怖いのだ。クランシーのことはトミーとおなじくらい愛しているが、トミーはリーサから奪われた。おなじことがクランシーに起こったらと考えると、そのたびに巨大なパニックにおそわれる。理屈ではないが、言葉にさえしなければ彼の身に危険はおよばない気がした。天の神々も、自分たちの知らないものを壊すことはできないはずだから。何度かクランシーに告白しようとはしてみたが、きまってパニックがこみあげて呑まれてしまうのだ。どうやら、マーナのように迷信深くなってきている。クランシーにすぐに自分の思いを伝えよう。クランシーを深く愛することに慣れれば、時間とともに、きっとそんな愚かな不安も消えるにちがいない。

リーサは笑顔をうかべた。「悪かったわ、マーナ。あなたの言うとおりよ。わたしは気が立ってたわ。単純にミスター・ドナヒューについていきたかったのよ」マーナが文句言いたげに口をすぼめたので、リーサは手をあげた。「今後一カ月ほどは注意しなさいと先生に言われているのは、わかっているわ。でも、今度の妊娠で問題が起こる理由がわからないの。最初のときはとっても順調だったから」

「当時より年をとりました」

リーサはわざと渋い顔をした。「教えてくれて、ご親切に」たしかにリーサの年齢では出産が少々大変になる傾向がある。それでも、二カ月目に流産しかけたときには不安にもなったが、意外だという気持ちも大きかった。トミーを妊娠したときとくらべて、自分が老けたとは全然感じない。それどころか若返って元気がみなぎり、とても生き生きしているような感覚がした。

「ミスター・ドナヒューの判断は正しかったんです。あなたはここにいて休んでいるのが一番です」マーナは顔をしかめた。「胸壁までの長い階段をあがってくるのは、休んでいるとは言いがたいですがね」

「十分慎重になって、ゆっくり時間をかけているわ。お腹の子には影響はないはずよ」手が無意識に腹部におりた。トミーのときとおなじようにお腹が前に四角くつきでて、やはりおなじように大きくなってきた。このごろでは自分がとても美しくなくなった気がして、たぶんそれも、クランシーがリーサ抜きにマラセフにいくのが憂鬱だった一因なのだ。

宮殿にいけば美しくて〝ほっそりした〟女性がいくらでもいるだろう。そして帰ってきたクランシーはリーサをひと目見るなり、すぐに向こうにとんぼ返りする口実を考えるにちがいない。普通の男の人は妻の体形が変わるまで、ある程度はスリムな時期を楽しめる。それがリーサの場合は、クランシーと出会ってものの数カ月で風船のようにふくらんで、彼の期待を裏切ったのだ。身体が肥大化することについて、彼から文句が出たことは一度もないけれど、それは何を意味するものでもない。クランシーはいつもリーサに対して優しくて、そつがないのだ。

かすかなうなりがリーサの物思いを断ち、リーサは一生懸命に椅子の上で伸びあがった。手を目にかざして、喜びの声をあげた。マーナもリーサの視線を追って、地平線のところに今まさに姿をあらわそうとするヘリコプターに目を凝らした。眉をひそめ、少ししてゆっくり首をふった。「ちがいます。ミスター・ドナヒューじゃありませんよ」

「ちがうはずないでしょう。あの機体を見ればわかるわ」リーサはすでに立ちあがり、階段に通じる扉のほうへ歩きだしていた。「中庭でクランシーを待つことにするから」

「あれは、ちが……」マーナは言いかけてやめた。リーサの姿はすでになかった。ふり返り、近づいてくるヘリコプターをながめた。こみあげる喜びに顔がほころんだ。「キアラ」

ヘリコプターは中庭の敷石に着陸し、プロペラによる旋風がリーサのチュニックを身体にたたきつけた。リーサは待ちきれずに一歩前に踏みでたが、胸を押しつぶす失望とともに足が止まった。マーナの言ったとおりだった。ヘリを操縦していたのはクランシーではなかった。扉がひらき、とび色の髪の頭がコックピットから出てきた。

「こんにちは。わたしはキアラ・ルビノフよ」小柄なパイロットは地面にとびおり、ドアを勢いよく閉めた。「あなたがリーサね。招かれもしないのに、押しかけてごめんなさい。でもクランシーが平気だって言ってくれたの。マーナに会いたくてね」愛嬌のある顔でにっこり笑った。「あなたに興味がなかったといえば嘘になるわ。クランシーがずっと手もとから出さないものだから、みんなあなたにすごく会いたがってるの」

「みんな？」

「ランスにアレックスに……」キアラは肩をすくめた。「とにかく、みんな。みんなクランシーのことが大好きだから、あなたがふさわしい相手かどうかたしかめ——」顔をゆがめて口を閉じた。「ああ、またやっちゃった。わたしが普通の王妃になれると思っているステファンの気が知れないわ。これだけ外交術がなってないと、わたしのせいで第三次世界大戦が勃発(ぼっぱつ)しかねないのに」

　彼女はリーサの前にやってきて、きれいな形をした小さな手を差しだした。「クランシーが選んだ相手なんだから、すばらしい人にまちがいないわ。さっきの失言は許してくださいね」

許さずにいられるだろうか？　この娘にはなんとも抗いがたい、元気あふれる生き生きとした魅力があった。キアラ・ルビノフは二十二歳にも満たないはずだが、年齢以上の威厳と存在感があった。身長は百五十センチを少し越す程度で、そのどこをとっても曲線的で目を奪われる。色あせたジーンズと白いTシャツという服装にもかかわらず、色気がむんむんただよっているのだ――大部分はたぶん、燃えるようなとび色をした、背中で揺れる奔放な巻き毛から発散されているのだろう。そのつややかな髪に縁取られた顔は、かわいいというよりは目を引くという印象だ。高い頬骨、敏感そうな、美しいカーブを描く唇、わずかにつりあがった深いサファイア色の瞳。

「お会いできてとても嬉しいです、ルビノフ王女さま」リーサは相手の手を取った。「それにわたしはクランシーにふさわしいほどの人間じゃありません。でもそれを言ったら、そんな人はひとりもいないでしょう。とにかく、努力はしているつもりです」

「キアラと呼んで。この三カ月ルビノフ王女をやって、おかげですっかり頭が変になったわ。お願いだから思いださせないで」

「それはクランシーのへりでしょう？　どうしていっしょに帰ってこなかったんですか？」

「マラセフでテロリストがらみのちょっとした問題が発生して、クランシーは居残らないといけなくなったの。今夜遅くか、あすの朝にはもどるって伝言をことづかってきたわ」

リーサの身体にぞっと寒気が走った。「テロリスト？」

「クランシーの身に危険はないわ」キアラはあわてて言った。「テロリストグループの一部がサイドアババとの国境を越えて侵入したっていう情報がはいって、今は情報提供者をかき集めて、潜伏場所を割りだそうとしているの」キアラが微笑み、すると、とたんに表情が生き生きと輝いた。「おかげでわたしたち、おたがいのことを知る時間を稼げたってわけね。あなたはアメリカ人でしょう？　わたしはアメリカの学校にいったの。イェールよ。ステファンはソルボンヌにいかせたがったけど、わたしがあそこのコミュニスト活動にとても興味があるって顔をしてたら、兄は考えを変えたわ」

リーサは眉をあげた。「本当に共産主義に興味があったの？」

「まさか。だいたいソルボンヌにコミュニストがいるかどうかも知らないわ。でもアメリカに送りだしてもらうには、それが唯一の方法だった」キアラは目を輝かせた。「兄も、国家を転覆させるかもしれない共産主義者を育成するのは、避けたかったんでしょう。兄はちょっと頭が鈍いけど、ロシア革命のことは聞いて知っていたのよ」

「それじゃ反対するでしょうね」リーサは笑顔で言った。

キアラは肩をすくめた。「というより、ステファンはわたしのことはなんだって反対するの。わたしのことを、騒動を巻き起こし、平和を乱すために生まれてきたと信じてるんだから」

「実際、そういうことをしてきたの?」

うしろからマーナの低い声がして、キアラは小さな悲鳴とともにふり返った。またたく間に中庭を駆けていって、マーナの腕にとびこんだ。「ああ、マーナ。会いたかった」威厳も洗練もたちまち消え去って、大きな婦人に抱かれるキアラはまるで幼い少女のように見えた。

「行儀よくしようと一生懸命努力したけど、引き合わされるのは手のひらが汗ばんで、脳みそが豆つぶほどの、ぞっとするタイプばっかり」

「もう、もどることはないわ。言ったでしょう、何もいいことはないって」マーナはキアラの燃えるような髪を驚くほど愛情たっぷりになでた。「今度はどんなことがあったの?」

「もう我慢できなくって。三カ月耐えてきたけど、従順にしていても事態は変わらないようだったから。地方の別邸に滞在していたんだけど、ステファンはみんなに厩舎(きゅうしゃ)を見せてまわるの。カルメット厩舎から障害レースのすばらしい競走馬を買ったばかりで、ドン・エステバンは——」

「そのドン・エステバンも手が汗ばんだひとり?」マーナが口をはさんだ。

キアラはうなずいた。「最高に湿っているタイプで、しかもその手でしょっちゅうわたしにふれてくるの。もう我慢できない。話すことといえば、闘牛場での自分がいかにすごいかっていう自慢ばかり。あのワイン界の巨頭は、どうやらアマチュア闘牛士みたい。わたしが闘牛を嫌っているのを知ってるでしょう。牛にあんなかわいそうなことを……」

「知ってるわ」マーナは静かに言った。

「それで、ちょうど馬のいない馬房の前を通ったとき、彼の手が偶然にもわたしのお尻にふれたの」キアラは肩をすくめた。「それで足を引っかけてやったら、馬房に倒れこんじゃった」

「それだけ？」

「それで十分だったわ。厩舎番がそこの掃除をまだすませてなくて、あの人が倒れこんだのはただの床じゃなかったってわけ」キアラは神妙な顔をつくった。「ステファンがそれを見ていて、もう、かんかんよ」マーナに身をすり寄せた。「それでわたしは飛行機にとびのって、マラセフにもどってきた。ここは少し時間をおいて、ステファンの怒りがさめたころに帰るのがいいかと思って」

「帰る必要はないわ」マーナは乱暴に言った。「なんの意味もないことよ。どうして自分の幸せをあのチッカにゆだねるの？」

「わかってるくせに。この先わたしは――」キアラは急に言葉を切って、リーサのほうを向いた。「ああ、ごめんなさい。わたしたち、ものすごく失礼だったわね。まったくなんのことかと驚いたでしょう」

「わたしが首をつっこむことじゃありませんから」リーサは言った。「もし、はずしたほうがよければ……」

キアラは首をふった。「あなたはクランシーの大事な人で、クランシーはわたしたちが困っているときに助けてくれた」彼女は肩をすぼめてつづけた。「まったく秘密なんかじゃないの。なぜわたしたちがセディカーンにいるかは、一族じゅうが知っているわ」リーサのつきでたお腹に目をやり、瞳が一瞬いたずらっぽく光った。「どうやらクランシーは忙しすぎたのね——べつのものはともかく、あなたに情報を仕込む暇はなかった」

「そうかもしれないわ」リーサはこたえ、小さな笑いで口をひくつかせた。

「とにかく前提としてわかっておいてほしいのは、ステファンはもったいぶったろくでなしで、どっちかというと……」

「チッカ?」リーサは先まわりした。

「まさにそれよ。タムロヴィアはヨーロッパのなかでもすごく裕福な国というわけじゃなくて、兄は政略結婚が国の利益になるという時代錯誤な考えの持ち主なの。それでわたしが十六になったときから、国家元首の王侯の独身者とか、結婚してない億万長者を見つけてはわたしを売りつけようとした。権力さえあれば、相手なんてだれでもかまわないのよ。言うまでもなく、思うように操られたくないわたしは、反撃に出たわ」

「お金持ちの闘牛士を肥溜めに突き落としたりして？」リーサは笑ってたずねた。

「あれは平凡すぎてつまらなかったわ。マーナとわたしは、他の相手たちのことはもっと独創的なやり方で撃退していたの。そしたらあるときステファンが急に知恵をつけて、そういう悪戯のことでわたしに罰を与えることができないものだから、マーナに目をつけたの」

「悪戯？」

「ギリシアの船主にものすごい発疹が出たんです」マーナは肩をすくめて言った。「キアラは自分に近寄らないでほしいと彼に言いました。まったくどうしてあんな大騒ぎになったのか。わたしは発疹が一日二日で消えるように手を打っておいたのに」

　キアラは一瞬口を強く結んだ。「ステファンはマーナを投獄してしまったの。わたしに圧力をかけるのにマーナを利用できると考えたのよ」

「でもあなたは牢屋を破ってマーナを逃がし、クランシーの協力で、ここセディカーンにさらってきた」リーサは言った。まるでドラマのなかの話みたいだ。キアラとマーナがいっしょになると大変だとクランシーが言っていたが、たしかにそのとおりだ。

　キアラはうなずいた。「そう。あのときは――」

「キアラ、ミス・ランドンはこんなふうに陽にあたって人のおしゃべりを聞いていちゃいけないんです」マーナが割ってはいった。「わたしはあなたの部屋の用意をしてくるから、そのあいだになかに案内して、冷たい飲み物を出してあげて。いっしょに鉄分の錠剤を飲ませるのも忘れないで」マーナは背を向けて、きびきびと中庭を歩いていった。

「ごめんなさい」キアラは傷ついたような顔をしていた。「そんなに身体が弱いとは知らなくて」

「弱くないわ」リーサはため息をついた。「マーナはまるでガラス細工みたいにわたしをあつかうの。妊娠二カ月目にちょっと大変なことがあって、それ以来、わたしを真綿でつつんでくれているわ」

キアラはうなずき、優しい眼差しでマーナのうしろ姿を見送った。「すごく愛情深い人だから。それにあなたのことが好きなのね。わたしにはわかる。マーナは自分にとって大切な相手のことは、とことん守ろうとするの」

「たぶん、あなたもおなじね」リーサはキアラの顔を見て言った。

「マーナを愛してるわ」キアラは飾らずに言った。「わたしを育ててくれたの。両親とステファンは全然かまってくれなかったし、ランスはタムロヴィアが嫌いで年じゅうセディカーンにいってた。マーナはわたしの母であり、先生であり、友人だった」肩をすくめた。「すべてだった。だからこそ、こんな追放の身のままでいさせるわけにはいかないの。マーナはジプシーで、部族の絆がとても強いでしょう。仲間とはなればなれになることがつらいのよ。住むようになればセディカーンにも慣れるかと思っていたけど、ここでは可哀想なくらい不幸にしているわ」

「それであなたはタムロヴィアにもどったのね?」

「他に手を思いつかなかったの。しばらくお見合いに我慢していれば、いつかはステファンも折れて、マーナを許してもらえるかもしれないと思った」キアラは顔をゆがめた。「なのに台無し。あと少し辛抱できていれば、きっと……」

「また、向こうにもどるの?」

「それしかないでしょう。もう一度がんばらないと」肩の荷をおろすように背中を動かした。「でも、すぐにってわけじゃないわ。せっかく解放されたんだから、とりあえずは楽しくすごすつもり」笑顔になった。「さあ、あなたに冷たい飲み物と錠剤をあげないと、マーナに何をされるかわからないわ」

その後の数時間、リーサはとても楽しいときをすごした。キアラ・ルビノフはどんな状況にも、どんな人間関係のなかにも、愛すべき一途さで身を投じるタイプだった。彼女自身が愛すべき存在で、夜が終わるころには、リーサは長年の友人に対するような親しみを感じていた。

リーサが最初の不安を覚えたのは、夕食後に書斎でコーヒーを飲んでいるときだった。そろそろ十時になる。クランシーはもう家に帰っていいころだ。

「眉間にしわを寄せてる」キアラは目を細くした。「どうしたの?」

「なんでもないわ。クランシーのことを考えていただけ」リーサは無理して笑った。「帰りは遅くなるかもしれないって、あなたも言っていたものね。心配のしすぎだわ」

「あなたはクランシーの心配をして、クランシーはあなたの心配をしてる」キアラの表情が急に切なくなった。「そんなふうに愛し合うのって、すてきなんでしょうね」

「とてもすてきよ」リーサは優しく言った。

キアラは顔をしかめた。「だったらどうして、ふたりは結婚しないの?」視線がリーサの腹に落ちた。「お腹には彼の子がいるんだし、クランシーはものすごく古くさい人だから、すぐにでも正式に自分の子にしたいと思っているはずよ。きっとすごく悩んでるわ」

「そう思う?」リーサは聞き返した。クランシーはパラダイス島でのあの晩以来、一度も結婚の話をしてこない。あのときも彼は、夫婦の縛りが生じるような儀式はリーサが絶対に望まないと信じきっていた。

「そうにきまってるわ」キアラは断言した。「ふたりで話はしないの? クランシーは婚外子って選択を自分から歓迎するような、進歩的な人じゃない。銃を突きつけて、あなたを役所に連れていかなかったのが驚きだわ」

　でも彼はそうしなかった。リーサはそのことを思い、ふと優しい気持ちになった。クランシーはリーサの自由を約束し、その約束を撤回することはなかった。たとえ自分がつらくとも。

「ああ、また余計なことを言っちゃった。わたしがお節介を焼く話じゃないわ。クランシーの不幸な姿は見たくないと思っただけ。今の発言は忘れて」

「忘れないわ」リーサは噛みしめるように言った。「わたしもクランシーの不幸な姿は見たくないから」

　実際、リーサはこの会話を忘れることができず、キアラと別れて自分の部屋に寝に帰ったあとも、そのことをずっと考えていた。シャワーをあびて寝巻きに着替え、ベッドにはいったが、枕もとの明かりを消すことはしなかった。クランシーが心配で、どうせ眠れないのだから。クランシーが現状に満足していないことに気づかなかったのは、リーサが目をつむっていたせいなのだろうか？　そこまで自分勝手だったと思いたくはないが、考えられなくもない。クランシーもリーサとおなじくらい満ち足りているように見えていたけれども、もしかしたら……。

いきなりドアがあいて、リーサはとびおきた。クランシー！　戸口に立つ彼の姿を見て、全身にどっと安心感がひろがった。

「変わったことはないか」クランシーはそう言いながら部屋にはいってきた。「もっと早くに帰れなくて、すまなかった。だが――」

「わたしなら平気よ」リーサはさえぎった。クランシーは疲れて見えた。口のまわりのしわがくっきりうきでて、頬のあたりの肌が引きつっている。「あなたは元気なの？　心配したのよ」

「本当か？」彼は部屋の向こうからやってきて、ベッドのリーサのとなりに腰をおろし、両腕で抱きしめた。「そいつは嬉しいね」リーサにそっとキスをした。「今後はもっと頻繁に留守にすべきだな」

「だめよ」リーサは強く腕でしがみついた。「絶対にだめ」

「ガルブレイスもいっしょに連れてきた」クランシーの手がリーサの背中をさすった。「もしかしたらまた一日二日、出かけることになる。きみを守るのにだれかいたほうがいいと思ってね」

緊張が走った。「わたしを守る？　どうして守る人がいないといけないの？」

「たんなる用心だ。きみをひとり残していくのが、単純に嫌なんだ。わたしにとってあまりに大事な存在だからね」クランシーは話題を変えた。「キアラとはうまくやってるかい?」

「とっても。彼女のことがすごく気に入ったわ。嬉しいことに、しばらくここにいてくれるって。彼女はまるで元気のかたまりね」

「まったくだ」クランシーは顔をしかめた。「だが彼女の勢いに流されるなよ。キアラはつい、みんながみんな自分とおなじぐらいエネルギーがあると勘ちがいする」

リーサはうなずいた。「それは気づいたけれど、キアラはとっても魅力的だわ」ふと、遠くを見るような眼差しをした。「それにあの華やかな容姿。彼女のエネルギーはうらやましくないけど、わたしなんてこんな不格好な姿になっちゃって」

クランシーの手がリーサの腹におりて、ふくらみをそっと前後になでた。「本気でそんなことを気にしてるのか?」

「妊娠中の女はみんな、魅力的じゃなくなったことを悩むものよ。一時のことだとわかっていてもね。その甲斐があることは絶対に否定はしないけれど、気になるものは気になるわ」

リーサは不安そうに笑った。「あなたも気になる、クランシー?」

「魅力的でないだって?」クランシーは驚いた顔をした。「どうしてそんなふうに考えるんだ? はじめて会ったときより、ますますきれいになった」

「気を使ってくれて、ご親切に。でも、わかるの——」

「そうじゃない。言っただろう。わたしは本当のことしか言わないと」クランシーの両手がリーサの顔をつつみこんだ。「毎日変化するきみを見るたびに、神秘にふれるようで胸がいっぱいになるんだ。肌が輝いてきて、それがあるときはサテンのように、あるときはベルベットのように見える。髪が陽射しの下でつやつやと揺れている。春に芽吹く若木さながらに、全身がそのときを前にして充実してきている。みずみずしさ、美しさ、新しい生命であふれてるんだよ」クランシーは真剣な眼差しでリーサを見た「自分でそれが見えないか？」

「見えないわ」目に涙があふれ、瞳が輝いた。「でも、あなたがそんなふうに見ていてくれて、言葉にできないほど嬉しい」リーサは顔をそらし、クランシーの手のひらにキスをした。彼こそが神秘だ。この人を見つけることができて、本当に幸運だった。「じゃあ、わたしとならんで祭壇の前に立つのは、そんなに恥ずかしいことじゃない？」

クランシーは言葉を失った。「なんだって？」

「わたしを妻にしてくれないかと聞いているの」リーサはわなわなと笑った。「もちろん、あなたが望むなら。キアラはそのはずだと言うんだけど、もしちがったら――」

「わたしが望むなら、だって？」クランシーの顔には、マーナの赤ん坊のお告げを伝えたときとおなじような、輝くばかりの表情がうかんでいた。「もちろん望んでるさ」青い瞳が喜びできらめいた。「わたしが結婚したがっているのは、わかりきったことじゃないか」彼はふいに眉をひそめた。「キアラに圧力をかけられたんじゃないだろうね？」

「彼女はただ、あなたが子どもに正式な籍を与えたがるはずだと言っただけよ。わたしもおなじ気持ちだって気づいたの」クランシーにキスをした。「ふたりの同棲生活も気に入っているけれど、妻としての生活はもっと気に入ると思う」

クランシーは動揺しながら深呼吸した。「あしただ。あしたマラセフにいって結婚しよう。きみが心変わりしないうちにね」

「心変わりはしないわ。どうして結婚があなたにとってこれほど重要だって、話してくれなかったの？」

「逃げられるのが怖かった。ボールドウィンとの経験で、きみは再婚を断固拒絶していたからね。これ以上、きみに無理強いしたくなかった。すでにたくさんのものを受け取ったから」

「一方的に与えてくれているのは、あなたよ」リーサは涙でかすんだ目で笑った。「この関係を改善できないか、さっそくあしたから試してみないとね。さあベッドにはいって。ものすごく疲れていそうよ」

「そのとおりだ」クランシーはもう一度キスをして立ちあがった。「ろくな二日間じゃなかった。何をしても袋小路だ。テロリストに襲撃をかけようとして、潜伏場所に部下を派遣したが、そのつど、あと一歩のところで逃げられた。おそらく宮殿内に内通者がいるんだろう。向こうにもどらないといけないのは、そのせいもある。情報漏洩(ろうえい)の経路をふさがないといけない」クランシーはすばやく服を脱いで電気を消し、ベッドにはいった。両腕をリーサにまわして背中から抱きかかえ、手で腹をおおった。「この抱き方が好きなんだ。この前の晩、ちょっと動いたような気がしたよ。そろそろ、そういう時期か？」

「ええ。小さく動いているのを、わたしもときどき感じるわ」

早くもクランシーの呼吸は深くなり、リーサに巻きつけられた腕がだんだん重くなった。

「もしまた動いたら教えてくれ。是非……」言葉が途切れたので、てっきり寝入ったのだと思った。けれどもまたしばらくして、クランシーは半分眠った声でつぶやいた。「奇跡があふれてる……」

目にたまっていた涙が堰(せき)を切ったようにはらはらと頬を流れた。クランシー。大事な人。リーサは今この瞬間、彼のことをものすごく愛していて、その気持ちの大きさで自分が破裂しそうだった。それなのに、愛しているとまだ伝えていないのだ。あした結婚したら、絶対に言おう。きっと運命は、この幸せを奪い去るほど酷ではないはずだ。万が一、クランシーを失うようなことがあれば、リーサは――。だめ、そんな臆病ではいけない。クランシーはこれまで惜しみなくなんでも与えてくれた。リーサもおなじ姿勢で応えなければ。クランシーは愛情をこめて、再出発できることをリーサに教えてくれた。その再出発は明るく勇ましく、嘘偽りのない誠実なものにしなければならない。

目を閉じた。少しでも眠ったほうがいい。あした結婚するのだから。けれどもリーサは横になって眠りがおとずれるまで、長いことクランシーや彼との子どものこと、新しい出発のことを考えていた。それにクランシーが眠りながら言った言葉のことを。

「奇跡があふれてる……」

9

袖なしの締めつけのないワンピースは、太陽のような黄色のシルクでできていて、ファッショナブルだが派手すぎることもなかった。妊娠していることは隠せないものの、それなりに品よくおしゃれに見える。どっちみちこれ以上の服はなかった。マラセフにいったら、絶対にマタニティ用の服を買わないと。リーサは鏡からふり返った。「支度できたわ。あまり花嫁っぽくはないけれどね」クランシーを見て笑った。「あなたのほうが華やかに見える」青みのあるグレーのスーツに身をつつんだ彼は、ものすごくすてきに見えた。黄金色の日焼け肌が美しく映え、瞳の青さが濃くきわだっている。「スーツ姿は、ここに来た夜にタキシードを着て以来ね」

「きれいだよ」クランシーはリーサに両腕をまわした。「きみはいつだってきれいだ。でも今日は輝いている」

「幸せだから」リーサは彼の頰に唇を押しつけた。「たぶん、わたしも考え方が古風なのね。

結婚すると思うと嬉しくて。マラセフでの結婚は面倒なの？　書類や手続きはどうしたらいいの？」

「アレックスが面倒みてくれるさ。下におりたらすぐに電話して、特別な許可証を手配してくれるよう頼んでおこう」クランシーは一歩さがって、リーサの身体をドアのほうへ向けた。「さあ、活動開始だ」

「キアラに知らせにいかないと。彼女は快く証人を引き受けてくれると思う？　わたしはセディカーンには知り合いといえる人がいないし、それに――」

寝室のドアをノックする音がして、クランシーはそこまで歩いていって扉をあけた。「あら、着替えはすんでるのね」キアラが言った。「ほっとしたわ。じゃまはしたくなかったんだけど、もう九時半だし、やることはまだ――」

「おはよう、キアラ」クランシーはわずかに皮肉まじりの口調で言った。「きみの相変わらずの暴走とともに一日のスタートを切れるとは、願ってもないことだ。まずは落ち着いて、理路整然と話をしてくれ」

「理路整然ね」キアラはその言葉を堪能するようにくり返した。「昔から好きな言葉だわ。きっとわたし自身、理路整然としていることがめったにないからでしょうね」

「試してみたらどうだい」クランシーは言った。

キアラはおてんばそうにクランシーに向かって鼻にしわを寄せてみせた。「わかったわ。ちっともおもしろくないけど」背筋を伸ばして王族の威厳をまとった。「ミスター・ドナヒュー、ミス・ランドン、マラセフに出発したいので、ただちに玄関の間へおりてきていただけないこと？」キアラはすぐに気取ったふりをやめた。「要するに、ふたりともさっさと行動してくれってことよ。わたしが計画してる楽しい結婚式に遅れないように」

「結婚式？　でもどうしてわたしたちが結――」リーサは言いかけてやめた。「黙ってて。あてるから。マーナでしょう」

キアラはうなずいた。「わたしを六時に起こして、今日がその日だって教えてくれたの」恨みがましく首をふった。「もう少しわたしに時間を与えてくれてもよかったのに。魔法みたいに仕事ができるわけじゃないんだから。みんなを招待するのに七時から電話をかけてるわ。ザランダンのフィリップとパンドラにも電話したし……」キアラは手で全部をひっくるめるような仕草をした。「とにかく、みんな。式は宮殿で十二時の予定で、そのあとパーティよ」キアラは顔をしかめた。「ほんとは夜のパーティにしたかったんだけど、それだとリーサに負担がかかりすぎると思って」

「簡単な式ですませるつもりだったのに」リーサはぼう然として言った。波に押し流されるような気分だった。「わたしは……」

「大げさなことはしないわ」キアラは請け合った。「くたびれさせたりは絶対にしない」急に表情が真剣になった。「儀礼的な会をやろうというんじゃないの。ただみんな立ち会って、幸せをお裾分けしてほしいだけ。マーナの部族には、喜びを分け合うことは魂を分け合うことだっていうことわざがあるの。集まるのはクランシーのことが好きで、あなたのことも好きになりたい人だけ」優しい笑顔をうかべた。「喜びをみんなに分けて、リーサ」

「気乗りしないことをする必要はないんだよ」クランシーが言った。「計画を立てたことは、計画を撤回することもできる」

妊娠したお腹をかかえた花嫁に、会場につめかけた初対面の人たち。しかもキアラがそうだったように、みんな、リーサがクランシーにふさわしい相手かどうか見定めようとするはずだ。あまり楽しみな状況ではないが、集まるのはクランシーの友人で、クランシーだって人生の大事なときをみんなと分かち合いたいはずだ。彼がしてくれたことにくらべたら、あまりに小さな譲歩だ。「撤回なんて、望むはずがないでしょう。すてきじゃない」リーサはクランシーに笑いかけた。「そのためにわたしをセディカーンに連れてきたんじゃなかったの？　自分の知り合いに会わせたかったんでしょう？」

「きまりね」キアラは言った。「じゃあ早く下におりて朝ごはんを食べて。二十分あげる。そのあとはクランシーがリーサを乗せて、自分のヘリでマラセフにいけばいいわね。迎えの運転手を頼んでおいたから、それで空港からアレックスとサブリナのところにいって。わたしはゆうべあなたがもどってきたヘリで、ガルブレイスとマーナとすぐに追いかけるわ」言葉を切って息継ぎをした。「それでいい？」

リーサはくすくす笑った。「いいわ。ひとつだけ質問していいかしら」

「何？　まさか計画にもれがあった？」

「そうじゃなくて、どうして自分が国の統治者になるには不向きだと思ったのか、知りたいと思って。その気にさえなれば、社会の構造を独りで作り変えられそうなのに」

キアラは首をふった。「だれもわたしがつくった社会になんか住みたくないわ。どこまでもカオスよ。クランシーに聞けばわかるから」にっこり笑った。「でも、これはべつ。今回のことは喜ばしいことでしょう。わたしは楽しいことはすごく得意なの」キアラは背を向けた。「ほら、お願いだから急いで。わたしだって着替えないといけないし、花の配達が間に合うか確認しないといけないの」そう言いながら、早くも廊下を早足で進んでいった。「じゃあ、マラセフで」

「たしかに楽しいことは大得意でしょうね」リーサは廊下の先へ消えていくキアラを見ながら、優しい声で言った。

「われわれもだよ」クランシーはリーサの手を取った。「しかも、日に日にうまくなっている。さあ、食べにいこう。すでにキアラのスケジュールより二分遅れている。どこかで遅れを修正しないと、あとでひどいことになるぞ」

ふたりはその二分の遅れを取りもどすのに食後の二杯目のコーヒーをあきらめ、予定ぴったりの時間に中庭をつっきって、ヘリコプターのほうへ歩いていった。見慣れた青と白の機体の横には、三十メートルほどの間隔をおいて、明るいカナリア色のヘリコプターが止まっていた。

「ミスター・ドナヒュー」

ふり返ると、マーナが小走りにやってくるところだった。「あなたにこれを」

「またべつのお守りかい？」クランシーがからかいまじりに聞いた。

「そんなようなものです。半分に割ったタムロヴィアのコインです」ひとつをリーサに、ひとつをクランシーに手渡した。「わたしが強力なまじないをかけておきました。式のあいだにそれぞれがこれを持っていれば、ふたりは永遠に別れることはありません」

「そんなまじないなら喜んで試してみたいね」クランシーは優しい口調で言った。背を向けてヘリコプターのドアをあけた。「ありがとう、マーナ」

リーサは衝動的に身をのりだして、マーナの頬にキスをした。「ずっとはなさず持っているわ」

クランシーはリーサを抱きあげてヘリに乗せ、つづいて自分もとびのった。その直後、エンジンがかけられプロペラが回転し、青と白のヘリコプターはのろのろとぎこちなく浮きあがった。やがて機体は上昇をはじめ、向きを変え、それなりに優雅にスピードにのった。そして九〇度方向転換すると、マラセフへ向かっていった。

マーナは顔にうっすら笑みをうかべて、地平線へ向かって速度をあげるヘリコプターを見送った。少々動きのもっさりしたヘリコプターの機体に強烈な陽射しがあたり、プロペラの鋼鉄部が鏡のように光った。だだっぴろい青い空にぽつんと浮かぶそれは、ものすごく頼りなくて、危うく見えた。危うい——。マーナの顔から笑みが消えた。衝撃が胸に突き刺さり、瞳孔がひらいた。空港。危険。マーナはうしろを向いて庭を走りだした。キアラをつかまえなくては。空港。空港で事件が起こる！

クランシーはヘリコプターのドアをあけて、リーサをアスファルトの地面におろした。近くの滑走路からジェット機の離陸するキーンという轟音がして、リーサは思わず身を縮めた。プライベート機用のエリアは空港のなかの隔離された一画にあるとはいえ、メインターミナルからそれほど遠くもなく、耐えがたい轟音が容赦なくおそってくる。「ものすごいカルチャーショックね。自分がお城の砂漠の静けさに、こんなにあっという間に順応していたとは思わなかった」

「今日だけのことだ。日暮れのころにはまた城に連れ帰って、田舎の夫人をやらせてあげるさ。きみをハニーとサブリナとビリーから、うまく引きはなすことができればね。そろいもそろって誘い上手だし、たぶん、数時間親しんだ程度じゃ満足してくれないだろう。ジラとパンドラもついているし、静かな隠れ家に逃げ帰るまでには、いろいろ厄介な障害が待ってるぞ」

リーサは不安に顔をくもらせた。「そんなにわたしと親しくしたいと思っているかしら？キアラによれば、あなたはみんなの大切な友人だとか」

「そうだよ。キアラの言うとおりで、だれひとり怖がる必要はない」クランシーはリーサの唇に人差し指でそっとふれた。「みんな、きみのことが好きになる。わたしを信じろ」

リーサは大きく息を吸いこんだ。「あなたを信じるわ」ふとこぼれたリーサの笑顔は、虹のように輝いていた。「どんなときも」

「どんなときも」クランシーは小声でくり返した。「いい響きの言葉だ。あとでもっと深く話し合おう」リーサのひじを取って、ヘリコプターからはなれた。「だが、まずはきみを宮殿に連れていって、結婚の契(ちぎ)りを交わすのが先だ。格納庫のわきに宮殿のリムジンが一台見える」クランシーは運転席のドアにセディカーンの紋章のついた、灰色の長いリムジンを指差した。「われわれを待っているにちがいない。自分の準備した計画が機械仕掛けのようにきっちり進んでいるのを知ったら、キアラは大喜びだろう」

「きっちり進んでいないはずがないでしょう」リーサは言った。「キアラとマーナはたいした組み合わせよ。ふたりがそろえば山だって動かせるわ」

クランシーはおかしそうに笑った。「頼むから、それをマーナに言うなよ。自分の実力を試そうとして、やってみるかもしれない。セディカーンの地形図をすべて刷りなおすなんてことは、勘弁願いたいね。マーナがタムロヴィアの風景にすでにどんな手をくわえたのか、だれも――」言葉が途切れ、銃弾があたったかのように、クランシーの身体が硬直した。

「ボールドウィン！」

リーサはクランシーの見ている方向に目をやり、キャデラックの影から出てきた男を認めた。胸ポケットにセディカーンの紋章のはいった紺色の制服を着ていて、つばつきの帽子を目深にかぶっている。ああ、なんていうことだろう。まちがいなくマーティンだ！　よりによってこんな幸せな日に。今から再出発をしようというときに――。

「動くな、ドナヒュー。下手（へた）な考えは捨てろ」マーティンが左手をあげて制すると、手ににぎられた、小さいが恐ろしそうな拳銃が見えた。「ゆっくり焦らずいこうや。こっちに来い、リーサ」

「いくな！」クランシーが一歩前に出た。

瞬時に銃口がクランシーの胸に向いた。「おれの本気を疑わないほうがいいぞ、ドナヒュー」マーティンはわざとらしい、やわらかな声で言った。「ずっとこのときを待ってたんだ。すぐにでも弾をぶちこんでやりたいくらいだ」

「クランシー、動かないで。お願い」リーサはクランシーを押しのけて、アスファルトの上を駆けだした。「マーティン、この人に危害をくわえてはだめ。ここセディカーンでは重要人物なの。もし彼が――」リーサはその先を呑みこんだ。〝死んだら〟と言うところだった。でも絶対に言わない。考えることもしない。クランシーは断じて無事でいなければいけないのだ。「あなたが求めているのは、わたしでしょう」

「リーサ、もどってこい」クランシーの声は緊張で張りつめていた。

リーサがふたりの真ん中から動かなければ、マーティンはクランシーを撃つことはできない。「さあ、早く出ましょう、マーティン。ここにいるのが見つかって捕まる前に」

「心配してくれて感激だ」マーティンの唇が醜くゆがんだ。「パラダイス島でおれを恋人に引き渡そうとしたことを忘れてたら、信じてたかもな」

「リーサはあの計画には加担していなかった。責任はわたしだけにある」クランシーが言った。

マーティンの目が泳いで、わずかにふくらんだリーサの腹を見た。「腹にいる子も、おまえの責任といったところなんだろう。妊娠してるらしいな。おまえらがセディカーンに来てからずっと、われわれは動きを厳重に見張ってるんだ。おれに言わせりゃ、裏切りも妊娠も、共謀だよ、ドナヒュー」

「マーティン、クランシーは自分の務めを果たそうとしているだけよ」リーサは乾いた唇を舐めた。

だがマーティンは聞いていなかった。憎悪に満ちた目を細めて、クランシーの引きつった顔を見ている。「いや、考えなおした。裏切りは共謀かもしれないが、妊娠はちがう。リーサがおまえを利用したんだよ、ドナヒュー。こいつは自分の子どもは愛せても男を愛せない女だ。おれは経験で知ったよ。リーサはおまえを求めてない。愛してもいない。ほしいのはおまえが種つけした子どもだけだ」

クランシーの口が苦しそうに引き結ばれて、一本の線になった。「わかっている。すべて承知のうえだ。今さら問題じゃない」

リーサは苦しみで胸が張り裂けそうになった。ああ、神さま。クランシーは本気でそう思っているのだ! 顔を見ればわかる。「クランシー、わたしは――」

「車に乗れ、リーサ」マーティンが命じた。「おまえが運転しろ。おれはとなりにすわって、このよくできたおもちゃを横から突きつける。愛人のほうは、ひとり優雅にうしろの席にすわる。そうすれば国境を越えたあと、どんな楽しくない目が自分たちを待ち受けているか、たっぷり想像できるだろうよ」

「お願い、マーティン。クランシーはここに残して。あなたにとっても、そのほうが身のためよ」

「その逆だな」クランシーが冷たい凄みをきかせた。「わたしをおいてきみを連れ去ったら、こっちは機動部隊を引き連れてサイドアババにのりこむまでだ。国境など気にするものか。さあ、いくぞボールドウィン」

「おまえを逃がしたりするか、ドナヒュー」マーティンはピストルをふって合図した。「いけ、リー――なんだ、こいつは！」

カナリア色のヘリコプターが格納庫の横のエリアに突然あらわれて、地上からわずか二十メートルほどの、彼らのほぼ真上まで急降下してきた。プロペラが巻き起こす旋風で、マーティンの帽子が頭からはらい落とされて飛んでいった。

燃えるような赤い頭がコックピットに一瞬見えた。キアラだ！　ヘリはさらに高度をさげ、凍りついたマーティンの頭上に迫った。

「パイロットは気が変なのか」マーティンはヘリコプターをにらみながら叫んだ。「おれたちの上に墜落するぞ!」

「伏せろ」クランシーがリーサのわきをすり抜けながら、ささやいた。つぎの瞬間、彼はマーティンの横へ移動して、ピストルを持った腕に、みごとな必殺の一撃をくらわせた。マーティンは苦痛に満ちた悲鳴をあげ、と同時にヘリコプターは急上昇して、彼らのわずか数メートルのところをかすめ飛んでいった。首に二発目のチョップをたたきこむと、マーティンは気を失ってクランシーの足もとに倒れた。

「けがはないか?」クランシーが心配そうにふり返った。「伏せろと言ったじゃないか」

「何もかも一瞬の出来事で」リーサはぼう然としていた。地面にのびたマーティンの動かなくなった身体を見た。非現実的な悪夢を見ていたようだった。ただ、恐怖だけはべつだ。ものすごくリアルな恐怖だった。リーサはあらためてぞっと身を震わせた。「マーティンはどうなるの?」

「それについては、ずいぶん前に結論を出した。捕らえたらアメリカに送還して、向こうに処分を任せればいいとね」容赦のない笑いをうかべた。「もちろん、われわれもちょっとした協力はするつもりだ。アメリカの法制度は、わたしの好みからすれば手ぬるすぎる。アメリカにこっちから調査チームを送りこんで、これまであいつが犯した不法行為を片っ端から洗いだして、証拠をあげさせる。子ども時代から、ひとつ残らず徹底的にさがす。そうすれば、相当長いことあいつを遠ざけておけるだろう」クランシーは顔をしかめた。「だがその前に尋問して、宮中のだれが密通者なのか聞きださないといけない。国境を越えてセディカーンに侵入した他のテロリストの潜伏場所についてもね」

「みんな大丈夫？」キアラがすべりこむように駆けつけてきて、息を切らして言った。すぐあとからジョン・ガルブレイスもやってきた。「着陸態勢にはいろうとして、あの凶悪な男があなたに銃を向けているのが見えたときには、ものすごく怖かったわ。どうしていいかわからなかった」

「きみはみごとに対処してくれた」クランシーは無愛想に言った。「だが、おかげさまで死ぬほど震えあがったよ。ぎりぎりのところでちゃんと上昇できる保証もないし、首を刎ねられるのは非常に嬉しくないのでね」

「僕も不安でした」ガルブレイスが言った。「なのに、彼女は断固として操縦桿を譲ってくれなかったんです」

「助けなんていらないわ」キアラはリーサにウィンクをした。「イェールにいたとき、テレビでアクションものをたくさん見たから。ヒーローはいつもヘリで乗りつけて、さっきみたいなことをやるの」

「言ったでしょう、あなたはあの手のスタントマンじゃないんですよ」ガルブレイスが恐い顔をした。「自分の出る幕じゃないと、どうして――」

「いっしょに乗せてもらえただけで、あなたはラッキーだったのよ」キアラがさえぎった。

「クランシーとリーサが空港で危ない目にあうっていうのに、マーナの言葉を信じないような鈍いやつは、耳を貸す価値もないわ」

「またマーナが？」クランシーがたずねた。

キアラはうなずいた。「あなたたちが出発してすぐ、危険が迫ってるって気づいたの。でも、それが具体的にどんなことなのか、マーナにはわからなかった。ただそれが空港で起こるってだけで」キアラは軽蔑するようにガルブレイスに向けて手をふった。「なのに、この人がしつこく説明を求めたの！」

「無計画に飛び立つ前に、きちんとした証拠を求めようとするのは、僕の残念な癖でしてね」ガルブレイスは刺々しく言った。

「お言葉ですけど、わたしみずからが飛んでくかわりに、あなたがクランシーの部下に無線で連絡して、到着したふたりを護衛するように命じていれば、わたしだってこんなスタントウーマンみたいなことをしなくてもすんだでしょうに」

「ジプシーの予言にしたがって？」ガルブレイスが言った。「いったいどんなプロがそんなことをするというんですか？」

クランシーが手をあげた。「ジョン、神秘主義か現実主義かという楽しい討論は今はおいておいて、ボールドウィンを本部に連行してくれないか。いくつか吐かせないといけないことがある」

ガルブレイスはうなずいた。「車を一台まわすよう、ここに着陸してすぐに無線を入れておきました。そろそろ着くはずです」

クランシーはキアラのほうを向いた。「きみの計画をつぶしてしまって申し訳ないが、結婚式はあしたに延期だ。まずはこっちの問題を片づけないと」

「かまわないわ。そのほうが、ちゃんと準備もできるしね。リーサのことは心配しないで。わたしが宮殿に連れていって、あなたの部屋に泊まれるように手配するから」キアラは考えるように首をかしげた。「何軒かお店に電話して、ドレスの見本を送ってもらおうかな。そうすればリーサも暇がつぶれるしね。エイミー・アーヴィングは妊娠中にアカデミー賞授賞式に出席したとき、ものすごいゴージャスなドレスを着ていたわ。豪華なルネッサンス風のドレスよ。リーサもああいうのを結婚式で着たら、すごくきれいだと思うの」

クランシーは首をふって、リーサのほうを向いた。「ふりまわされてボロボロになるなよ。断わるときは、はっきりとノーと言うんだ。キアラもたまには聞く耳を持つ。わたしがいっしょじゃなくて大丈夫か？　こっちの件が片づきしだい、追って宮殿にいくよ。是が非でも宮中の内通者を突き止めないと、今度はアレックスとサブリナの身に危険がおよぶ。理解してくれるね？」

「もちろん、わかっているわ。それ以外のことをすると言っても、わたしが許さない」リーサは微笑んだ。「心配しないで。わたしなら大丈夫だから」ダークブルーの車が角をまわってきて、彼らの近くで止まった。ドアがひらき、数名の男が出てきた。ガルブレイスはただちにそこへ合流して、指示を出しはじめた。「部隊が到着したようね。わたしとキアラはここらで退散して、あなたに仕事をさせないと」

「部下に宮殿まで送らせよう」クランシーは身をかがめてそっとリーサにキスをした。「もしわたしが必要になったら、アレックスに言えばいい。どこへ連絡をすればいいか知っている」

リーサはマーティンに目をやった。徐々に意識を取りもどしてきているようで、ぼう然とアスファルトにすわっている。多くのものを分かち合った相手が、これほどの他人に変わるということがあり得るのだろうか？　あるいはもしかしたら、最初から最後まで他人だったのかもしれない。ふたりはおたがい、表面よりも深いところを知らずに終わったのだ。

「リーサ？」

クランシーがリーサのことを見ていた。その表情には、さっきマーティンに挑発されていたときに顔にうかんだ苦痛を思いださせるものがあった。「なんでもないわ」リーサは急いで言った。苦しそうな表情は見ていられない。「あなたはわかってない。本当のところは……」リーサは言いよどんだ。こんな混乱のなかで説明できる話ではない。「宮殿で待ってるわ、クランシー」

10

「あなたを疲れさせてないわよね？」キアラが心配そうにたずねた。「みんなにも注意して、できるだけ気をつけてたんだけど」

「ええ、疲れてないわ」リーサは安心させるように笑顔をうかべた。「わたしも楽しんでいるから。結婚式の前にみんなと顔を合わせることができてよかった。おかげで、気楽に式にのぞめそうよ」

「言ったじゃない、緊張する必要なんてないって。もうあなたは正式にファミリーとして受け入れられてるわ」キアラは腕時計を見た。「もうすぐ十一時。そろそろわたしも引きあげて、あなたを休ませてあげないと。クランシーにこっぴどく叱られる」鼻にしわを寄せた。

「わたしも寝ておいたほうがいいわ。あしたは早起きして、マーナが式に出席できるように城に迎えにいかないと。今朝は、出てくるときは大あわてで、乗客を乗せるような状況じゃなかったから」

わね」

「そうだったわ」リーサは思いだして身震いした。「まだちゃんとお礼も言っていなかった

キアラは驚いて目を丸くした。「なんのお礼？　わたしにとって、この数カ月で一番充実したひとときだった」キアラはドアのほうを向いた。「おやすみなさい。あした十時にここに来て、着替えを手伝うから。あのピンクの刺繡のドレスを着たら絶対にすてきよ」ドアをあけて、足を止めた。「一時間前にクランシーから電話があったんでしょう？　べつに問題はなさそう？　彼はなんて言ってた？」

「知りたかった情報をマーティンがすべて吐いて、宮中に潜んでいた内通者と、それにテロリストたちのほうも、これから逮捕する段取りだそうよ。彼はできるだけ早く帰ってくるって」

「帰ってくるまで、いっしょにいなくて大丈夫？」キアラは言った。「慣れない場所だと、どうも落ち着かなかったりするでしょう」

リーサは首をふった。「もうベッドにいって。わたしはこの部屋にいてなんの違和感もないわ。すっかりくつろいでいるから。ここは気楽な場所だって言ってたのは、あなたでしょう？」リーサは微笑んだ。「わたしはクランシーを待ちながら、ちょっとだけ庭を散歩することにするわ。そわそわして眠れそうもないから」

「わかるわ。今日はいろいろあったしね。もし気が変わったら、内線七〇に電話して。わたしの部屋につながるから、すぐに駆けつけてあげる。じゃあ、あしたの朝に」キアラは出ていき、ドアが閉まった。

リーサはうしろを向いて、部屋を横ぎりフレンチドアのほうへゆっくり歩いていった。電話をかけてきたとき、クランシーの声は険しくてあわただしそうだった。もしかしたら彼と話ができるのは、あしたになってからかもしれない。

だめ！　もう待つのは十分だ。クランシーは今日顔に出したあの苦痛に、どれだけ長いこと耐えていたのだろう？　あの表情だけは、リーサが生きているかぎり二度と見たくない。ふたりのあいだには誤解がありすぎる。それにクランシーが与える一方で、リーサばかりが受け取っている。そろそろこれまでの不公平をすっかりきれいにして、新しい出発に向かって踏みだすときだ。

フレンチドアをあけ、立って庭をながめた。あたたかなそよ風が顔をなで、一瞬のうちに芳香と音につつまれた。たわわに花をつけた夾竹桃（きょうちくとう）の木が遠くにぼんやり見え、ふと、高い梢（こずえ）のどこかからナイチンゲールのさえずる歌が聞こえてきた。それとも、となりのジャスミンの木に止まっているのだろうか？

リーサはドアを閉めて、穏やかな夜のなかへ出ていった。クランシーを待つあいだ、ナイチンゲールをさがしにいくよりいい暇つぶしがあるだろうか?

クランシーの部屋のプライベートな庭は、月明かりをあびて幻想的な美しさを帯びていた。庭を飾る白く香り高い花々は、それ自体がこぼれた月のしずくのように見えた。白いばらや椿、クリーム色の花をつける梔子(くちなし)が、石敷きの小道にそって何本も植わっている。小道は、庭の真ん中の美しい噴水のところまでつづいていて、その噴水の一画を、弧状の大理石のベンチが丸くかこんでいた。周囲には長く優雅な棒が支える、四角い格子細工のムーア風のランタンがおいてあり、庭そのものとおなじ乳白色の美しい光を放っていた。

「リーサ!」

クランシーだ。「わたしは噴水のところよ」

あわただしい足音がどしどしと響き、やがてクランシーがひらけた場所にいるリーサの横にあらわれた。「部屋に姿がないから心配したぞ」

「ここはすごくすてきな場所ね。せっかくだから噴水のところで待っていようと思ったの。ここにいるとパラダイス島の小さな中庭を思いだすわ。こっちのほうがずっときれいだけど」

「この庭はデイヴィッド・ブラッドフォードが設計したんだ。どんな花を植えたいかと聞かれたから、穏やかできれいな花ならなんでもいい、とこたえたんだ」クランシーはリーサがすわっているベンチの向かいに移動して、噴水の縁に半分腰をのせてもたれた。ジャケットもタイも身に着けておらず、白いシャツは襟のボタンがはずれていた。「仕事上、きれいとも穏やかとも縁がないから、きっととても癒されるにちがいないと思ったんだ」クランシーは笑いに表情をくずした。「はじめてきみを見たときは椿の花を連想して、この庭に連れてきたらどんなふうに見えるかと想像したよ」

「椿はとてもか弱い花よ」リーサは声をかすれさせた。「わたしはちがうわ、クランシー。今はね。あなたのおかげで強くなれた」

「あまり強そうには見えないな。その白い寝巻き姿だとジュリエットみたいだ」ふいににやりと笑った。「なるほど、キアラに負けたな。ルネッサンス万歳だ」

リーサは苦笑した。「笑わないで。きっとこのスタイルにもすぐに飽き飽きするわよ。どういうわけか、気づいたらキアラに勧められるがままに服を買っていたの。ロマンチックに見えるって言われて、すっかりその気になっちゃって」目と目が合った。「だって、わたし自身、ロマンチックな気分だから。最高に、激しく、ロマンチックな気分なの」

クランシーはじっと身動きを止めていた。「何かをわたしに言おうとしているんだな？」

リーサは深呼吸した。あの言葉を言うのよ、そう自分に命じた。「愛してる、ってことを目の前にいて、リーサを見つめている。

伝えたいの」ほら、その言葉を口にしても雷は落ちてこなかった。クランシーは相変わらず目の前にいて、リーサを見つめている。

クランシーの笑顔は優しく、少しだけ悲しげだった。「わかっているよ、リーサ。感謝の気持ちがどれだけ大きかろうと、わたしに何かしらのものを感じていなければ、きみは結婚はしなかっただろうからね。ボールドウィンがわたしに嫌がらせを言ってきたとき、きみはすごく動揺していたね。だが、こんなふうにわざわざ告白してくれなくてよかったんだ。ボールドウィンに言ったのは、本当のことだ。わたしの愛にきみの気持ちが追いつくことがないという事実は、最初から受け入れている。わたしは気にしないよ」

一瞬、何も言えなくなって、リーサはまじまじとクランシーを見た。少しして、感情的に言い放った。「嘘ばっかり！」目をぎらつかせて立ちあがった。「すごく気にしてるって、わかってるわ。わたしだって、愛されている自信がなければおなじ心境になるもの。それなのにあなたはただ、子どもを見るような目でわたしを見ているばかり。自分の行動の責任もとれない愚かな子どもを見るような目でね」

「リーサ……」クランシーは驚いた顔をして立ちあがった。「わたしはそんなつもりで――」

「あなたがどんなつもりかは百も承知よ。自分がリーサを守り、リーサの面倒をみて、リーサを愛する。そろそろリーサが何かしらのお返しをしてもいいころでしょう？」両手を固くにぎり一歩近づいた。「わたしは椿の花じゃない。塔のお姫さまでもない。人を愛せない感情の欠如した人間でもない。わたしはそれなりの知性と、ものすごくたくさんの感情を内に秘めた存在なの。そしてその感情のいっさいをあなたが解放してしまったのよ、クランシー・ドナヒュー。あなたを愛してるの。わたしは中身の薄い愛情しか人にそそげないと思われているようだけど、そういう愛じゃない。わたしの全人生を呑みこんでしまうくらい、大きくて深い愛情をあなたに感じているのよ」リーサは大きく息を吸った。「それはとても強い思いで、あなたが通りをわたるのを想像したり、ヘリで飛びたつのを見たり、それどころか階段を駆けおりるのを見ただけで、ばかみたいに恐怖を覚えるの」ほんのささやきほどの声になった。「なぜなら、わたしはトミーの事故はのりこえることができたけれど、あなたがいなくなったら、生きていく自信がないから」

クランシーは身をこわばらせて目を閉じた。「本気じゃないなら、そんな話はよしてくれ、リーサ。わたしはもう、今の状況に慣れてきたんだ。きみが愛せないのは——」

リーサは手でクランシーの肩をつかんで、とても優しいとはいえない強さで揺すった。「目をあけて、いいからわたしを見て。どうしたらあなたの心にとどくの?」

クランシーが言われたとおり目をあけると、その瞳の奥で、かすかな光が揺らめいていた。「たぶん、もうとどきかけているんだと思うよ」少しかすれた声で笑った。「あと一、二発、空手チョップをしてみると効くかもしれない」クランシーはリーサの身体を抱きあげると、嬉しそうに笑いながら、大はしゃぎでリーサをふりまわした。「本気なのか？　まいったな、本気なのか？」

「空手のやり方は知らない」リーサもおなじ喜びで目を輝かせて笑っていた。「でも習おうと思えば習えるわ。だってわたしは」

「椿の花じゃないから」クランシーがあとを引き取って言った。「お姫さまでもなく、それに——」クランシーは途中でやめて、リーサを幸せで押し流してしまいそうな、思いあふれるキスをした。クランシーは頭をあげた。「だがきみはわたしの愛する人で、生まれてくる子の母親で、わたしの世界の中心だ。その事実は受け入れてくれるね、リーサ？」

「ええ、もちろん。受け入れるわ」彼の肩に頭をすり寄せた。「喜んで」

クランシーはリーサをかかえあげて、大理石のベンチにすわって腕で抱きしめた。「子どもが生まれるまでは空手の稽古はおあずけだな。そんなものがなくても、きみは十分に激動の日々をすごしているよ」片手をそっとリーサのお腹においた。「今朝、空港であんな事件があって心配してたんだ」

「その必要はなかったわ。赤ちゃんは刺激を糧にして成長するみたい。今日の午後はすごく活発だったの」

「本当に？」クランシーの反対の手もくわわって、指をひろげてそっとさぐるようにお腹にふれた。少しして、彼の視線がリーサの目をとらえた。「わたしは嫉妬はしないよ。そのことをわかってほしい。嫉妬なんてできない。早くもわたしたちの子どもに強い愛情を感じてるんだ」

「わかってるわ」リーサはそっとこたえ、優しい思いがあふれて喉が痛いほどつまった。「マーティンが言っていたのは真実じゃないわ、クランシー。あれは相手がマーティンだったからなのかもしれない。あのときは、わたしは愛がどんなものか知らなかったから。ここにすわってあなたを待ちながら、愛についてずっと考えていたの」リーサはクランシーにぎゅっとしがみついた。「世のなかにはいろんな種類の愛があるわ。子に対する母の愛。友人どうしの愛、恋人どうしの愛。どれもべつのものだけど、優劣はない」頭をクランシーの肩のつけ根にすり寄せた。「でも、ものすごく運がよければ、そうしたものがひとつに合わさった、とても特別な愛を経験することが許される。クランシー、わたしがあなたに感じているのは、そんな気持ちなの。わたしがトミーを愛していたとか、あなたと生まれてくる子のどっちを愛するとか、そういう話じゃない。愛というのは喜びそのもので、比較することはできないわ」リーサはしばらく口をつぐんで、言葉をさがした。「キアラが言っていたジプシーの言葉を憶えている？　喜びを分かち合うことは、魂を分かち合うこと。きっと愛を分かち合うこともおなじね。愛は頭と心のすみずみにまで染みわたって、人と人をひとつにつなぎあわせるの。そこに生まれてくるのは、影の濃い薄いもなければ、何と比較することもできない、ひとつの輝く存在だけ」リーサは目を閉じ、吐息のような声で話した。「それってすばらしいと思わない？」

「すばらしいね」クランシーはくり返した。唾を呑みこみ、かすれた声で笑った。「ああ、何かせずにいられない衝動を感じるよ。叫びだすか、泣きだすか、それか……」首をふった。「わからない。とにかく……何かだ。こんなことが自分に起こるとは思ってなかった。人生のどこかの時点で舟に乗りそこねたと思ってた。来るのに、ずいぶん時間がかかったんだな」クランシーはそっとリーサのこめかみに唇をつけた。「だがこうして、わたしはすべてを手に入れた。人生の半分待たされたが、やっとわたしのところにもめぐってきたんだ」

「わたしたちは、すべてを手に入れた」リーサはやんわり訂正した。「それに、これがもっと早い時期だったら、おたがいにまだ準備ができていなかったかもしれないでしょう。手に入れたもののありがたみがちゃんとわかるようになるには、今の時点まで成長する必要があった。まちがいなく、わたしはそうだったわ」リーサは目をあけて、愛情のこもった眼差しをクランシーに向けた。「大変な一日だったでしょう。なかにはいってベッドで休む？」

クランシーは首をふった。「疲れを感じない。若返ったみたいに力がみなぎって、あまりに幸せすぎて、旗をふって照明弾でもぶちあげたい気分だ。眠ろうとしても眠れないよ。このままここにすわって、ただきみを抱いていたい」クランシーの大きな両手がそっとリーサのお腹のふくらみにのった。「そして、この子が手の下で動くのを感じるんだ。かまわないだろう？」

涙が目の縁にあふれてきたが、リーサはぐっとこらえた。今夜に涙はふさわしくない。たとえ喜びの涙であっても。「ええ、クランシー、もちろんよ」

リーサはふたたび目を閉じて、クランシーの力強いぬくもりにのんびりと身体をあずけた。庭は静けさと花の香りに満ち、ふたりは平和と喜びと愛につつまれていた。あふれんばかりの愛に。今はただ安らぎと期待のときだ。とくにやることは何もない。ただ、夾竹桃の枝でさえずるナイチンゲールの美しい歌に耳を傾け、生まれいずる新たな命の脈動を待つだけだった。

訳者あとがき

クランシー・ドナヒュー。

どこかで聞いた名前だと読む前からピンと来た人は、きっと過去にアイリス・ジョハンセンのセディカーン・シリーズをお楽しみくださった方でしょう。本作のヒーローであるクランシーは、セディカーンという砂漠の国の保安をとり仕切っていて、そのために、たとえば『ふるえる砂漠の夜に』では対テロリストの作戦を指揮して、ヒーローのダニエル・シーファートを人質救出の現場に送りこむという役で登場し、また、『燃えるサファイアの瞳』では、彼がタムロヴィア王女キアラのためにひと肌脱いだエピソードが語られます。ちょこちょことあちこちの作品に登場するので、どんな人物か気になっていた方も多いのではないでしょうか。

クランシーは年若いころから厳しい人生を独力で歩みだし、数々の修羅場をふみ、経験を積んできた、だれからも信頼される頼りがいのある大人の男です。どこまでもタフで、敵の攻撃にはもちろん、仲間に泣きを入れられても動じない、屈強という言葉がぴったりな存在。そんなクランシーは、女性に対しても心動かされることがないのでしょうか？　それが意外なことに、本人さえ驚くような出会いが、人生の後半になっておとずれるのです。詳しくは本文をお読みいただくとして、成熟した男性がみせる可愛げ、年齢ならではの安心感や押しの強さ、その他いろいろ――これまでクランシーが見せてこなかった、あるいは脇役であるためにあまり描かれることのなかった一面を、どうぞお楽しみに。

もちろん、今回はじめてセディカーン・シリーズを読む方も、ご安心ください。〝シリーズ〟とはいっても、登場人物がほかと重なっているもの、セディカーンが舞台だというだけのものなど、作品によって連続性も関連性もまちまちで、話は一作品ごとに完結します。ですから、一冊を読むとシリーズのべつの本も読みたくなる、という問題はあるかもしれませんが、一冊だけも十分に楽しんでいただけるでしょう。

ちなみに、このセディカーンというのは、首長（シーク）のアレックス・ベン＝ラーシドが統治する中東の架空の国で、石油で潤う豊かな経済に支えられています。そのため、首都のマラセフは高層ビルが建ちならぶ、西洋と変わらない近代都市を形成していますが、国の大半は灼熱の砂漠と荒涼とした丘陵地帯におおわれていて、地方には城壁でかこまれた古都があり、エキゾチックなアラブ風の村が点在するようです。

また著者が前文でふれているクラナド・シリーズというのは、セディカーン・シリーズの延長にあるひとまとまりの作品群をさすようで、本書とおなじ二見文庫の『最後の架け橋』もこのグループにはいります。

さて、物語の中身に少しだけふれますと、クランシーがヒロインのジャズシンガー、リーサ・ランドンと出会うのは、パラダイス島というバハマのリゾートアイランドです。照りつける太陽の下、熱く胸を焦がす恋がはじまると思いきや、まったく予想もつかない物語が展開されます。あり得ない、嘘でしょう！——そんなふうに思いながらも、最後には、しみじみと幸せな気分になって本を閉じることでしょう。大人の恋は落ち着いているというイメージもありますが、年齢分の苦労も経験し、それだけ背負う過去も大きく、ある意味でドラマチックだといえるかもしれません。たとえばヒロインのリーサは、一時期まではとてもめぐまれた人生を送っていましたが、ひとつの事件をきっかけに、まだ三十代だというのに、半ば人生を捨てたような心境に陥ってしまいました。そして今、ようやくその過去を克服し、前を向こうとするのです。そのなかでクランシーが果たす役割は、この物語の大きな読みどころといっていいでしょう。本書のタイトルのように、まさしく悲しみがとけて消えていくようすは圧巻です。

それから原タイトルの"*Always*"についても、ひとことふれさせてください。この英語はご承知のとおり、「いつも」「絶えず」、そして「永遠に」という意味の言葉です。病めるときも健やかなるときも、どんなときも、永遠に。このさきもずっと愛し合うふたりの姿を予感させるような言葉です。けれども、そのふたりの愛を強く静かに支えるのは、どんなときも変わらぬ、相手への信頼の気持ちなのではないか、その信頼があってこそ、悲しみは蜜にとけて、ふたりは深い愛情で結ばれていくのではないか、そんなことを原作のストーリーを読んでいて端々から感じました。この翻訳版からもそれを読み取って、あじわっていただけると、訳者として嬉しく思います。

ところで、クランシーは本作で満を持して脇役から主役に躍りでましたが、本作にも魅力的な脇役が登場します。なかでもとくに印象に残るのは、バルカンの王女キアラと、ジプシーのマーナのコンビではないでしょうか。ふたりのその後が気になる方は、本書につづいて『燃えるサファイアの瞳』をお読みください（このマーナの「ジプシー」という表現は、最近では「ロマ」などへの言い換えが推奨されるところですが、本作が書かれたのが八〇年代後半であったこと、また、その語がイメージさせる不思議な魅力を切り捨てるのは惜しいという訳者の思いにより、原著の表現を尊重し、そのまま訳しました）。ほかにも、名前だけ登場するキャラクターに疑問と興味を持った方は、『砂漠の花に焦がれて』、『ふるえる砂漠の夜に』、『波間のエメラルド』といった本を手にとっていただければと思います。あんなキャラクターたちが一堂に会しパーティをひらいたら、いったいどんなことになるのか、ものすごく見てみたいと思うのは、きっと、わたしだけではないでしょう。

二〇一二年十一月

23 ザ・ミステリ・コレクション

悲しみは蜜にとけて

著者　アイリス・ジョハンセン

訳者　坂本あおい

発行所　株式会社 二見書房
東京都千代田区三崎町2-18-11
電話 03(3515)2311［営業］
03(3515)2313［編集］
振替 00170-4-2639

印刷　株式会社 堀内印刷所
製本　株式会社 村上製本所

落丁・乱丁本はお取り替えいたします。
定価は、カバーに表示してあります。

ISBN978-4-576-12169-7
http://www.futami.co.jp/

黄金の翼
アイリス・ジョハンセン
酒井裕美［訳］

バルカン半島小国の国王の姪として生まれた少女テスは、ある日砂漠の国セディカーンの族長ガレンに命を救われる。運命の出会いを果たしたふたりを待ち受ける結末とは…？

ふるえる砂漠の夜に
アイリス・ジョハンセン
坂本あおい［訳］

砂漠の国セディカーン。アメリカからの帰途ハイジャックの人質となったジラ。救出に現われた元警護官ダニエルとまたたくまに恋に落ちるが…好評のセディカーン・シリーズ

波間のエメラルド
アイリス・ジョハンセン
青山陽子［訳］

うぶな女私立探偵と芸術家肌の王子様。プレイボーイの彼から依頼されたのは、つきっきりのボディガードで…!? ユーモアあふれるラブロマンス。セディカーン・シリーズ

あの虹を見た日から
アイリス・ジョハンセン
坂本あおい［訳］

美貌のスタントウーマン・ケンドラと大物映画監督。華やかなハリウッドの世界で、誤解から始まった不器用なふたりの恋のゆくえは……？ セディカーン・シリーズ

砂漠の花に焦がれて
アイリス・ジョハンセン
石原まどか［訳］

映画撮影で訪れた中東の国セディカーンでドライブしていた新人女優ビリー。突然の砂嵐から彼女を救ったのは黒馬に乗った〝砂漠のプリンス〟エキゾチック・ラブストーリー

燃えるサファイアの瞳
アイリス・ジョハンセン
青山陽子［訳］

恋に臆病な小国の王女キアラは、信頼する乳母の窮地を救うため、米国人実業家ザックの元へ向う。ふたりは出逢ってすぐさま惹かれあい、不思議と強い絆を感じ……

風のペガサス（上・下）
アイリス・ジョハンセン
大倉貴子［訳］

美しい農園を営むケイトリンの事業に投資話が…。それを境に彼女はウインドダンサーと呼ばれる伝説の美術品をめぐる死と陰謀の渦に巻き込まれていく！

女神たちの嵐（上・下）
アイリス・ジョハンセン
酒井裕美［訳］

少女たちは見た。血と狂気と憎悪、そして残された真実を…。十八世紀末、激動のフランス革命を舞台に、幻の至宝をめぐる謀略と壮大な愛のドラマが始まる。

風の踊り子
アイリス・ジョハンセン
酒井裕美［訳］

十六世紀イタリア。奴隷の娘サンチアは、粗暴な豪族リオンに身を売られる。彼が命じたのは、幻の彫像ウインドダンサー奪取のための鍵を盗むことだった。

星に永遠の願いを
アイリス・ジョハンセン
酒井裕美［訳］

戦乱続くイングランドに攻め入ったノルウェー王の庶子で勇猛な戦士ゲージと、奴隷の身分ながら優れた医術を持つブリンとの愛を描くヒストリカルロマンスの最高傑作！

眠れぬ楽園
アイリス・ジョハンセン
林 啓恵［訳］

男は復讐に、そして女は決死の攻防に身を焦がした…美しき楽園ハワイから遙かイングランド、革命後のパリへ！ 十九世紀初頭、海を越え燃える宿命の愛！

女王の娘
アイリス・ジョハンセン
葉月陽子［訳］

スコットランド女王の隠し子と囁かれるケイトは、一年限りの愛のない結婚のため、見果てぬ地へと人生を賭けた旅に出る。だがそこには驚愕の運命が！

愛は弾丸のように
リサ・マリー・ライス
林啓恵［訳］

セキュリティ会社を経営する元シール隊員のサム。そんな彼の事務所の向かいに、絶世の美女ニコールが新たに越してきて……待望の新シリーズ第一弾！

青の炎に焦がされて
ローラ・リー
桐谷知未［訳］

惹かれあいながらも距離を置いてきたふたりが再会した場所は、あやしいクラブのダンスフロア。それは甘くて危険なゲームの始まりだった。麻薬捜査官とシール隊員の燃えるような恋

悲しみの夜が明けて
ローラ・リー
桐谷知未［訳］

政治家の娘エミリーとボディガードのシール隊員・ケル。狂おしいほどの恋心を秘めてきたふたりが〝恋人〟として同居することになり…。待望のシリーズ第二弾！

あの丘の向こうに
スーザン・エリザベス・フィリップス
宮崎槙［訳］

気ままな旅を楽しむメグが一文無しでたどりついたテキサスの田舎町。そこでは親友が〝ミスター・パーフェクト〟と結婚式を挙げようとしていたが、なぜか彼女は失踪して…!?

きらめく星のように
スーザン・エリザベス・フィリップス
宮崎槙［訳］

人気女優のジョージーは、ある日、犬猿の仲であった元共演者の俳優ブラムと再会、とある事情から一年間の結婚契約を結ぶことに…!? ユーモア溢れるロマンスの傑作

きらめきの妖精
スーザン・エリザベス・フィリップス
宮崎槙［訳］

美貌の母と有名スターの間に生まれたフルール。しかし修道院で育てられた彼女は、母の愛情を求めてモデルから女優へと登りつめていく……波瀾に満ちた半生と恋！

二見文庫　ザ・ミステリ・コレクション